Stranga Kazo de D-ro Jekyll kaj S-ro Hyde

Stranga Kazo de D-ro Jekyll kaj S-ro Hyde

de

Robert Louis Stevenson

Tradukita de

William Morrison

kaj

William W. Mann

Ilustrita de

Mathew Staunton

2014

Eldonita de/*Published by* Evertype, Cnoc Sceichín, Leac an Anfa, Cathair na Mart, Co. Mhaigh Eo, Éire / Irlando. *www.evertype.com.*

Originala titolo/*Original title*: *Strange Case of Dr Jekyll and Mr Hyde.*
Unua eldono de/*First edition by* the British Esperanto Association (London, 1909), kun titolo *Doktoro Jekyll kaj Sinjoro Hyde.*

Redaktoro: Patrick H. Wynne.

Katalogorikordo pri ĉi tiu libro estas havebla de la Brita Biblioteko.
A catalogue record for this book is available from the British Library.

ISBN-10 1-78201-077-7
ISBN-13 978-1-78201-077-7

Dezajno kaj komposto/*Typesetting and design*: Michael Everson.
Presliteroj/*Typefaces*: Baskerville & Great Bromwich Bold.

Kovrilo/*Cover design by* Michael Everson.
Fotografo/*Photograph* © Frances Fruit, dreamstime.com/ffranny_info

Presita de/*Printed by* LightningSource.

LISTO DE ĈAPITROJ

REDAKTORA NOTO

La romaneto *Strange Case of Dr Jekyll and Mr Hyde* ('*Stranga Kazo de D-ro Jekyll kaj S-ro Hyde*') de Robert Louis Stevenson estas tradukita en Esperanton trifoje: de William Morrison kaj William W. Mann en 1909, de Albert Goodheir en 1980, kaj de Fernando de Diego en 1985. La jena eldono prezentas la plej fruan version, tiun de Morrison kaj Mann, nove redaktitan por pli moderna legantaro. Krom korektado de presaj kaj gramatikaj eraroj, neklaraj aŭ mallertaj parolturnoj estas revortigitaj, kaj manpleno da obskuraj neologismoj estas anstataŭigita per pli rekoneblaj ekvivalentoj.

La originala Esperanta teksto de 1909 estis iome mallongigita versio—jen per nur unu-du vortoj, jen per tutaj frazoj aŭ multfrazaj partaĵoj—kun la mallongigoj speciale oftaj en la lasta duono de la verko. En tiu ĉi nova eldono, ĉiuj tiaj forigitaĵoj estas nove tradukitaj kaj remetitaj, kaj aperas ene de malgrandaj duonkrampoj (⌜...⌝), ekzemple: "La plezuroj, kiujn mi rapidis serĉi sub mia alikorpaĵo, estis, kiel mi jam diris, maldecaj; ⌜ili apenaŭ meritis pli severan vorton.⌝"

—Patrick H. Wynne
Fosston, junion 2014

ENKONDUKO AL LA UNUA ELDONO

Robert Louis Stevenson (elp. Robert Lui Stivnson) naskiĝis en Edinburgo en la jaro 1850. Sola filo de sufiĉe riĉaj gepatroj, li estis grave malhelpata, dum sia tuta vivado, de la ŝarĝo de malbona sano. Kiam, ankoraŭ knabo, li devis resti en lito, lia patrino kaj lia vartistino legadis al li tage kaj nokte ĉiajn rakontojn kaj historiojn. Tiel estis frue vekita en li la instinkto de l' aŭtoreco. Edukita en la skota ĉefurbo, li studadis la leĝosciencon kaj fariĝis advokato. Dum sia libertempo, li vojaĝis alilande kaj unu el tiuj ekskursoj li priskribas en sia unua verko, *An Inland Voyage* (*Enlanda Vojaĝo*). La verko, tamen, kiu unue alportis al li publikan famon, estis tiu nun tradukita en la sekvantaj paĝoj. Post la morto de sia patro en 1887, li forlasis Edinburgon kaj Eŭropon por serĉi bonan sanon, kaj fine, post multaj vagadoj li faris al si hejmon en Vailima en la Samoa insularo, kie li mortis en 1894.

La verkoj de Stevenson estas diversaj, ĉar li estis poeto, romanisto, vojaĝinto, moralisto kaj biografiisto. Li havis senteman kaj delikatan fantazion, kaj li posedis stilon, kiu pro sia gracio kaj sia fleksebleco estis malofte egalita.

Prezentante tiun ĉi tradukon al la mondo esperanta, ni deziras esprimi niajn grandajn dankojn al Sinjoro J. M. Warden, Edinburgo, kaj al Sinjoro G. D. Buchanan, Glasgovo, pro iliaj grandvaloraj kritikoj kaj sugestoj.

—William Morrison, Edinburgo
—William W. Mann, Londono
oktobron 1909

Enkonduko

Paketoj trovitaj en Victoriana gardoŝranko

La romaneto *Strange Case of Dr Jekyll and Mr Hyde* ('*Stranga Kazo de D-ro Jekyll kaj S-ro Hyde*') de Robert Louis Stevenson, publikigita en 1886, estas kune kun *Metamorphoseon Libri XV* de Ovidio kaj *Die Verwandlung* ('La Metamorfozo') de Kafka unu el la plej trafaj rakontoj pri korpa transformiĝo en beletra historio. Neniam elĉerpita, ĝi estas inspirinta teatraĵojn, Broadway-muzikalojn, kaj abundon da filmoj, kaj la nomoj de la titolaj personoj estas enirintaj la anglan lingvon kiel kurtaj esprimoj por disociiĝa identeca perturbo, ekstremaj humorŝanĝiĝoj, kaj nenormala aŭ neantaŭvidebla konduto. Elementoj el la rakonto jam fariĝis tiaj oftaĵoj en la tereno de populara kulturo, ke la romaneto mem ne estas legata tiel ofte kiel ĝia sukceso sugestus. Dank' al la filmarto, mallongigitaj versioj, karikaturoj, bildromanoj, kaj ĉiaj aludoj en aliaj komunikiloj, ĝi estas rakonto, kiun ni pensas ke ni konas sen devo trakti la kompleksaĵojn de la teksto.

Modernaj legantoj, trafante la romaneton unuafoje, alportas kun si imagojn de vitraĵoplenaj laboratorioj, bobelantaj pocioj, kaj la vizaĝo de hida monstro, kaj ofte surpriziĝas malkovri, ke nek Jekyll nek Hyde estas la protagonisto de la rakonto de Stevenson. Certe tiuj estas la plej ofte menciitaj personoj sed la plejmulto de la intrigo centriĝas en alia, multe malpli renoma homo: la honesta kaj neridetanta advokato Gabriel John Utterson. Kvankam Henry Jekyll kaj lia alternativa personeco Edward Hyde estas la subjektoj de ĉi tiu stranga afero, farante ĝin la ŝoka rakonto intencita, Utterson estas tiu, kiu esploras la misteron en kio ankaŭ estas, defendeble, unu el la plej sukcesaj detektivaj rakontoj iam verkitaj.

Eĉ rapida ekrigardo al la teksto rivelas, ke Utterson estas sendube la ĝusta homo por la tasko. Escepte de Hyde, li intime konas ĉiujn el la precipaj personoj. Richard Enfield, la unua observinto priskribi la kruelecon de Hyde, estas kara amiko kaj parenco. Sir Danvers Carew estas unu el la plej prestiĝaj klientoj de Utterson kaj portas leteron adresitan al sia advokato kiam Hyde murdas lin. Kaj Doktoro Jekyll kaj Doktoro Lanyon estas liaj malnovaj amikoj kaj konfidas al li siajn mortleterojn. Li ankaŭ estas la advokato de Jekyll kaj estas devigata de testamentaj instruoj reprezenti la misteran Hyde okaze de morto aŭ malapero de la doktoro. Ĉiuj personoj en la libro estas parto de la sama reto, kaj ĉe la koro de ĉi tiu reto troviĝas G. J. Utterson, detaleme akumulante parolajn kaj skribajn atestojn.

En rakonto plena de elvoke nomitaj personoj, la nomo de John Utterson postulas atenton. Je unua renkontiĝo, lia familia nomo eble rememorigos kelkajn legantojn pri la deknaŭa-jarcenta advokato kaj libro-kolektanto Edward Vernon Utterson (1775/76–1856), unu de la fondinto-membroj de la elita Klubo Roxburghe por bibliofiloj, kaj eminenta figuro en la tiutempa jura mondo. Por tiuj, kiuj ne konas la faman samnomulon de Utterson, tio tamen estas taŭga familia nomo (*utter* 'eldiri', *son* 'filo') por homo kiu kolektas kaj ordigas la eldirojn kaj skribaĵojn de aliaj. Iuokaze nia atento estas altirata al lia rolo kiel fakulo pri la ordigado kaj analizo de dokumentoj, kaj ni estas forte kuraĝigata trakti la tekston de Stevenson tiel zorge kiel Utterson traktas tiujn de Jekyll, Hyde, kaj Lanyon.

Ĉi tio estas fidinda konsilo, ĉar la teksto de *Dr Jekyll and Mr Hyde* estas densa kaj kompleksa, anticipante la leksikajn strategiojn de modernismaj verkistoj kiel James Joyce kaj Vladimir Nabokov. La uzo de arĥaika, skota, kaj ambigua vortprovizo malrapidigas la legosperton, kreas dubon, kaj devigas la leganton imiti Utterson en ties legantemaj penoj por malkovri klarigon de la mistero. La unikecon de la Stevensona lingvuzo evidentigas la fakto, ke la *Oxford English Dictionary* citas ekzemplojn el *Dr Jekyll and Mr Hyde* ne malpli ol 70 fojojn. Notinda kazo de aŭtora vortludado okazas kiam ni unuafoje renkontas D-ron Jekyll, kaj li estas priskribita kiel 'glatvizaĝa'. En ĉi tiu kunteksto (du malnovaj amikoj en diskuto ĉe fajrejo) ni ne havas kialon por interpreti ĉi tion kun iu ajn signifo alia ol ke li estas sen barbo kaj lipharoj. Poste en la historio, tamen, la luigantino de Hyde estas priskribita kiel havanta "malbonan vizaĝon, glatigitan per la hipokriteco", kaj ni estas subtile instigita retaksi nian unuan impreson pri Jekyll. Post ĉio, li ja havas nomon, kiu en la angla sugestas sovaĝan beston (*jackal* 'ŝakalo') aŭ murdemajn tendencojn (Je-*kill* 'mortigi'), kaj lia neklarigita rilato kun Hyde ĵetas ombron sur lian aliokaze neriproĉeblan reputacion.

La signifo de la plena nomo de Utterson ne finiĝas tie. Li estas pli ol vortisto. Li estas ankaŭ mesaĝisto kaj eble eĉ profeto. Samtempe la Ĉefanĝelo Gabrielo kaj Johano la Baptisto, li estas kreita kaj sendita de la ĉioscia aŭtoro por disvastigi la novaĵon pri kio estis okazanta en la kabineto de Jekyll. Dank' al la multnombraj bibliaj aludoj en la romaneto ni povas supozi, ke Stevenson sciis, ke liaj legantoj estos sentemaj al ĉi tiuj nomoj. Kaj se la leganto eble hezitos, li igas Utterson montri la vojon: nekapabla rezisti la tenton ludi kun la familia nomo de Hyde, li diras: "Se li estas Sinjoro Hyde [*hide* 'kaŝi'] ... mi estos Sinjoro Seek [*seek* 'serĉi']."

La zorgema atento donita de Stevenson al la elekto kaj lokado de sia vortprovizo sugestas, ke li estis egale zorgema pri sia titolo, kaj ĉi tio meritas pripensadon. Ĉi tiu ja estas 'stranga kazo'. Kiel tia, ĝi estas stranga afero okazinta al Henry Jekyll kaj liaj kolegoj, ĝi estas la tutaĵo de faktoj rilate al la afero, kaj ĝi estas la deklaro de ĉi tiuj faktoj skribita por la konsiderado de pli alta kortumo, kun la implico ke la deklaro estas tiel stranga kiel la eventoj kiujn ĝi rekonstruas. Kiel mi montris supre, la advokato de Stevenson estas bone kvalifikita por kunigi la dokumentojn kaj atestojn kaj konstrui koheran rakonton, aŭ eble eĉ libron de pruvoj. Ĉi-rilate Utterson, memdeklarita spertulo pri vendkontraktoj, estas ŝablono por Jonathan Harker, la vendkontrakta advokato de Grafo Drakula. La inĝenia glubildo de leteroj, taglibraj enskriboj, fonografaj transskriboj, kaj ĵurnalaj raportoj, kiuj konsistigas la romanon de Bram Stoker (1897), havas multon komunan kun la teksto de Stevenson. Kio okazas en la manklokoj inter la diversaj atestoj estas lasita al la imagpovo de la leganto, kaj la loga forto de ambaŭ libroj troviĝas en ĉi tiu neskribita submondo de arketipoj.

La vorto *case* 'kazo' estas ankaŭ firme ankrita en la medicina mondo, kaj estas signife, ke ni penetras la misteron ĉirkaŭantan la titolajn personojn dank' al la atestoj de du kuracistoj anstataŭ per enmiksiĝo de polico. La unua reago de Utterson al la stranga konduto de Jekyll estas suspekti krimon, sed dum a historio progresas li komencas maltrankviliĝi, ke lia amiko estas malsana kaj ke la respondoj al liaj demandoj estos medicinaj (frenezo) anstataŭ juraj (ĉantaĝo).

En la angla, tamen, *case* havas alian gravan signifon, 'kesto', kiu estas aĵo farita por enfermi aŭ enteni alian aĵon, kaj oni baldaŭ konstatas, ke *Dr Jekyll and Mr Hyde* estas tute pri aĵoj enfermitaj interne de aliaj aĵoj. Ĉi tio veras kaj pri la verkado de la romaneto kaj pri la kompletigita teksto. Estas bone konate, ke Stevenson trovis sian komencan inspiron por la rakonto en sonĝo.

> Mi daŭre cerbumadis por ia speco de intrigo; kaj je la dua nokto mi sonĝis la scenon ĉe la fenestro, kaj scenon poste apartigitan en du partojn, en kiu Hyde, persekutata pro iu krimo, glutis la pulvoron kaj suferis la transformiĝon ĉeeste de siaj persekutantoj. (RLS, januaron 1888)

Ni povas do interpreti Hyde kiel arketipan infantimigulon ellasitan de la subkonscio de Stevenson. Ĉi tiu arketipo tiam estis envolvita en alegorio laŭ la sugesto de Fanny, la edzino de Stevenson. La nomoj de la personoj indikas eblan alegorian interpreton, kaj komentoj de Stevenson pri lia propra teksto ne lasas al ni dubon. Poste ĉi tiu alegorio estis plue envolvita en mistero kaj neniam klarigita de la aŭtoro. La kreskanta nombro da konjektoj pri kio kuŝas malantaŭ ĉi tiu alegorio estas mezurilo pri kiom sukcesa tiu strategio montriĝis por Stevenson. Je la teksta nivelo, Utterson esploras la kazon de Jekyll kaj Hyde, kaj dum la prezentado de siaj malkovraĵoj li sukcese solvas la misteron, kiu lin maltrankviligas: kiu estas Edward Hyde kaj el kio konsistis lia teno sur Henry Jekyll? Por la leganto, tamen, la psika maltrankvilo kaŭzita de Hyde estas neniam solvita, kaj kiam la skriba atesto de Jekyll finiĝas lastpaĝe de la rakonto, niaj demandoj kaj maltrankvilo daŭras. Stevenson igas Jekyll aludi ĉi tion fine de ties "plena deklaro pri la afero" kiam tiu diras "tio, kio nepre sekvos, koncernos alian ol min mem". Kio sekvas estas silento, kaj estas en ĉi tiu silento ke la leganto devas daŭrigi pripensadon pri la materialo kolektita de Utterson kaj trakti la fantomon de la monstra ĝio de Jekyll.

Sed ni eble pleje scivolas pri iuj informoj ne rivelitaj de Utterson. Per kio Edward Hyde okupas sin kiam li eliras la kabineton de Jekyll? Hyde estas enkorpigo de ĉio, kion Jekyll rifuzas al si rilate plezurojn, sed ni neniam proksimiĝas al ajna sugesto pri kio tio eble estas. Jekyll ne povas igi sin rakonti la abomenaĵojn faritajn de sia alternativa personeco, kaj Utterson dece evitas la temon. Ni havas neniun elekton krom uzi nian imagpovon. La advokato rifuzas al si iujn plezurojn: ĉeesti teatraĵojn, drinki vinon, maldormi ĝis malfrue. Ĉu povus esti, ke Hyde simple vizitadas teatrojn kaj ebriiĝas? La absoluta malbeleco de lia karaktero kaj la hororo kiun li inspiras en aliuloj sugestas ion multe pli fian. Estas mencio de krimo, ekstrema krueleco, kaj torturo. La piedpremado de la juna knabino kaj la murdo de Danvers Carew estas pruvoj de nebridita perforto. Jekyll konfesas ĉi tiujn agojn. Kio do povus esti pli malbona ol bati kaj distreti homon ĝismorte?

Ĉi tiu demando estas esplorita en pli ol 120 filmoj, ofte malutile al aliaj aspektoj de la rakonto. Utterson estas ĝenerale flankenŝovita aŭ eĉ forigita por fari lokon por supraĵaj inaj personoj, amintrigoj, kaj sekso. La plej komerce sukcesaj el la fruaj filmoj modeligas sin laŭ la teatraĵo de Thomas Russell Sullivan (surscenigita en 1887), en kiu senpacienca Jekyll estas fianĉo de la filino de Carew kaj ellasas la rabeman Hyde por terure trudi violentan amoran rilaton al muzikhala prezentistino Ivy Peterson.

La filmo de 1931 estas bonega ekzemplo. Kompletigite antaŭ ol la cenzurado-kodo de Hollywood estis rigore efikigata, ĝi lasas nenion al la imago de la spektanto, kaj Frederick March pravigeble gajnis Oskar-premion pro sia aktorado en la roloj de Jekyll kaj Hyde. La alta socia rango de Jekyll devigas lin lasi siajn apetitojn neplenumitaj. Li malpaciencas edzinigi sian fianĉinon kaj ĝui plenan seksan interrilaton, dum samtempe avidante je Ivy Peterson. Post hazarda renkontiĝo li observas ĉi lastan malrapide senvestiĝi en sia dormoĉambro kaj ĝuas pasian kison sur ŝia lito, sed nur la maloportuna interveno de lia kolego D-ro Lanyon malebligas, ke li pli intimiĝu. En ĉi tiu adaptaĵo, Hyde estas evitilo por Jekyll, kaj tiuforme li poste devigas Ivy Peterson havi tian longedaŭran seksan interrilaton, kian lia publika persono iniciatis sed neniam kompletigis. Reĝisoro Rouben Mamoulian kaj liaj scenaristoj Percy Heath kaj Samuel Hoffenstein klarigas kelkajn el la malprecizaĵoj postlasitaj de la originala teksto (la kaŝitaj deziroj de Jekyll, la aventuroj de Hyde kaj la kialo por lia atenco kontraŭ Carew), sed je kosto de la potenco de la rakonto maltrankviligi la spektantaron. La filmo estas ŝoka pro sia eksplicita portreto de seksa diboĉo, perforto, kaj la abomeneco de Hyde—sed sekskrimuloj kaj murdistoj oftas en Hollywood-filmoj. La libro ŝokas je pli profunda nivelo kaj igas nin traserĉi niajn plej sinistrajn timojn por havigi al Hyde vizaĝon kaj karieron.

La gvidmotivo de enfermaj ujoj ankaŭ trapenetras la tekston je senmetafora nivelo. Ni trovas ŝrankojn ene de kabinetoj, sigelitajn paketojn ene de sigelitaj kovertoj, kaj la konstantan, neeskapeblan ĉeeston de la gardoŝranko de Utterson. Oni povus vidi ĉi lastan kiel la fonton de ĉio signifa en la teksto—ĉio, kion ni malkovras pri la interrilato inter Jekyll kaj Hyde estas metita en kaj finfine eliras el la mallumaj kaŝanguloj de ĉi tiu senviva objekto. La fonto de la transformpovo de Jekyll ankaŭ estas tenata ene de multoblaj enfermiloj. Por plenumi sian komision rehavigi la kemiaĵojn de Jekyll, D-ro Lanyon devas eniri la domon de sia kolego, perforte malfermi la pordon al lia kabineto, malfermi vitran ŝrankon, kaj forpreni tirkeston. La gotika tekniko enfiksi rakontojn interne de aliaj rakontoj estas reproduktita en la teksto per enfermado de leteroj interne de paketoj sigelitaj en pli ol unu loko. Lanyon sendas al Utterson leteron malfermotan nur okaze de la morto aŭ malapero de Jekyll. La fina letero de Jekyll estas enfermita kune kun reviziita testamento kaj plena deklaro pri liaj faritaĵoj. Ĉi tiuj paketoj estas plue enfermitaj en la privata gardoŝranko de Utterson, ŝlosita en ĉambro interne de lia domo. Por penetri la misterojn de la kazo de Jekyll kaj Hyde, necesas malfermi la gardoŝrankon kaj la paketojn kaj interpreti la enajn tekstojn.

JEN VENAS LA INFANTIMIGULO

Malgraŭ sia populareco, *Dr Jekyll and Mr Hyde* montriĝis problema teksto por ilustristoj, kaj rezulte de tio, ilustritaj eldonoj estas multe pli maloftaj ol oni eble atendus. La detaloj kiuj plej interesas nin kiel legantojn kaj spektantojn—la aspekto kaj faritaĵoj de Edward Hyde—estas frustre priskribitaj de Stevenson kiel nepriskribeblaj. La malebleco de Enfield envortigi la trajtojn de Hyde—trajtoj, kiujn li asertas klare vidi enmense—fariĝas epidemia dum la historio disvolviĝas. Neniuj povas priskribi la aspekton de Hyde, eĉ kiam fiksrigardante rekte en lian vizaĝon. Ili nur povas esprimi kiom maltrankvilaj ili sentas sin, kiam ili rigardas lin. Hyde estas infantimigulo, blanka paĝo sur kiu kunaj personoj kaj, finfine, legantoj skribas siajn timojn. Kiel do ilustristo devus entrepreni la taskon bildigi ĉi tiun misteran personon?

En pluraj el la ilustraĵoj en ĉi tiu eldono, mi elektis reprezenti Hyde kiel senvizaĝan individuon kaj inviti la leganton imagi al si lian aspekton. Vi estas libera doni al li la simian morfologion de liaj filmaj manifestaĵoj, la vizaĝon de terura gargojlo, aŭ, se tio kaptas vian imagon, la pasio-hantatajn trajtojn de Klaus Kinski. Vi ankaŭ estas libera imagi lin tute alimaniere. En aliaj ilustraĵoj mi provis kapti la aŭron de perforto kaj intenseco kiu ĉirkaŭas Hyde, per bildigo de li kiel vida kombinaĵo de boksistoj el la frua dudeka jarcento. Ĉi-kaze estas nenia misformaĵo. Hyde malbelas nur interne. Ekstere li estas juna, dikmuskola, vigla, kaj memfida.

Lia kapablo agresi estas legebla en liaj okuloj kaj sinteno anstataŭ en iu ajn kontraŭnatura aranĝo de liaj trajtoj.

Alia frustra aspekto de la romaneto estas la manko de informoj pri la "Okazo ĉe la Fenestro". Ĉi tio estas la momento ĉirkaŭ kiu la tuta rakonto estas konstruita, la epicentro de la psika perturbo kaŭzita de Hyde. Sed pri kio ĝi temas? Utterson kaj Enfield vidas ion teruriganan en la vizaĝo de Jekyll dum li babilas kun ili de sia unuaetaĝa fenestro, kaj ili tiam foriras, ŝokite ĝisfundamente. Nur du paĝojn longa, ĉi tiu estas la plej kurta ĉapitro en la libro, sed ni scias, ke ĝi enhavas ion el la profundaĵoj de la subkonscio de Stevenson. Kiel do oni devus ilustri ĝin? La imago de homo ĉe fenestro (la sola afero priskribita de la aŭtoro) estas desaponte nesufiĉa por kapti la arketipan hororon, kiu emanas el ĉi tiu sceno. Jekyll elrigardas al ni el sia kabineto, la centra loko de ĉiuj la sinistraj deziroj, kiujn li senespere volas sperti kaj subpremi. Estas en ĉi tiu spaco, ke li faras la eksperimentojn, kiuj liberigas Hyde; estas ankaŭ ĉi tie, ke ambaŭ, Jekyll kaj Hyde, mortas en la batalo inter la ĝio kaj superegoo de la doktoro. La fenestro do prezentas al ni tantaligan ekrigardon en la plej mallumajn angulojn de la animo de Jekyll, kaj ĉi tio estas kion mi provis ilustri.

—Mathew D. Staunton
Oksfordo, majon 2014

STRANGA KAZO DE D-RO JEKYLL KAJ S-RO HYDE

ĈAPITRO I

LA RAKONTO PRI LA PORDO

Sinjoro Utterson, la leĝisto, estis homo kun malglata vizaĝo neniam lumigata de rideto; malvarma, mankhava, kaj embarasata en sia parolado; malrapida en la sentesprimo; malgrasa, longa, polva, enuiga, kaj tamen iel aminda. Ĉe amikaj kunvenoj, kaj kiam la vino estis laŭ lia gusto, io eminente homa brilegis en liaj okuloj; io, ja, kio neniam penetris en lian interparoladon, sed kio parolis ne nur per tiuj silentaj simboloj de la postmanĝa vizaĝo, sed pli ofte, kaj laŭte, per la agoj de lia vivo. Al si li estis severega; trinkis ĝinon kiam li estis sola por mortigi inklinon al la grandaj vinoj; kaj, kvankam li ĝuis la teatron, li ne estis transpasinta la sojlon de teatro dum dudek jaroj. Sed por aliaj, li havis elprovitan toleremon, kelkfoje mirante preskaŭ kun envio, la altan premateco n de vervo kaj energio evidentigatan de iliaj malbonaj agoj; kaj en ia ekstrema okazo, li estis pli inklina helpi ol riproĉi. "Mi inklinas al la herezo de Kain," li kutimis kurioze diri: "Mi lasas mian fraton iri al la diablo laŭ sia propra maniero." En tiu ĉi rolo, la sorto ofte faris, ke li estu la lasta bonreputacia konato kaj la lasta bona influo en la vivo de subirantaj homoj. Kaj al tiaj, dum ili daŭrigis viziti lian ĉambraron, li neniam elmontris eĉ nuancon de ŝanĝo en sia mieno.

Por Sinjoro Utterson sendube tio estis facila faro, ĉar eĉ en sia plej bona humoro li estis sindetenema, kaj eĉ liaj amikiĝoj ŝajnis esti fonditaj sur simila universaleco de bonkoreco. Jen la signo de modesta homo: akcepti sian amikan rondon pretfaritan el la manoj de la okazo; kaj tio estis la maniero de tiu leĝisto. Liaj amikoj estis el liaj propraj samsanganoj, aŭ tiuj kiujn li konis dum plej longa tempo; liaj preferoj, same kiel la hedero, kreskis kun la tempo; ili necesigis nenian specialan taŭgecon ĉe sia objekto. De tio sendube naskiĝis la ligo, kiu kunligis lin kun Sinjoro Richard Enfield,[1] lia malproksima parenco, la konata urba elegantulo. Kion tiuj du povis vidi unu en la alia, aŭ kiun temon komunan al ambaŭ ili povis trovi, tio estis por multaj personoj "nukso malfacile disrompebla". Tiuj, kiuj renkontis ilin dum iliaj ĉiudimanĉaj promenadoj, raportis, ke ili kutime diras nenion, ŝajnas strange malgajaj, kaj akceptadas kun videbla senĝeniĝo la alvenon de amiko. Malgraŭ tio, la du viroj plej alte ŝatis tiujn ekskursojn, taksis ilin la ĉefa juvelo de ĉiu semajno, kaj ne nur flankenmetis okazojn de plezuro, sed eĉ malcedis al la alvokoj de profesiaj aferoj, por ke ili povu ĝui ilin neinterrompate.

Okazis dum unu el tiuj vagpromenoj, ke ilia vojo kondukis ilin tra flanka strato en vivoplena kvartalo de Londono. La strato estis malgranda, kaj tia, kian oni nomas trankvila, sed ĝi faris prosperan komercon en la laboraj tagoj de l' semajno.[2] Ŝajne la loĝantoj ĉiuj bone prosperadis, kaj ĉiuj konkureme esperis sukcesi ankoraŭ pli bone, kaj la superfluon de siaj gajnoj elspezis je koketaĵoj; tiamaniere, ke la frontoj de la butikoj sur tiu vojo staris kun invita mieno, kiel vicoj da ridetantaj vendistinoj. Eĉ dimanĉe, kiam ĝi vualis siajn pli brilaĉajn ĉarmojn kaj estis kompare ne trairata, la strato ellumis, kontraste al sia malgaja ĉirkaŭaĵo, kiel fajro en arbarego; kaj per siaj freŝe kolorigitaj fenestraj kovriloj, siaj bone poluritaj latunaĵoj, sia ĝenerala pureco kaj gajeco de tono, tuj ekkaptis kaj plaĉis la okulon de la preteriranto.

Du pordojn for de unu angulo, maldekstraflanke en orienta direkto, la frontlinio estis rompita de korta enirejo, kaj ĝuste ĉe tiu punkto ia malbonaŭspica masivo de konstruaĵoj eltrudis sian gablon super la straton. Ĝi estis duetaĝa, montris nenian fenestron, nenion krom pordo ĉe la malsupra etaĝo kaj blinda kvazaŭfrunto de makulita muro ĉe la supra; kaj portis en ĉiu trajto la signojn de daŭra kaj avaraĉa malzorgo. La pordo, kiu posedis nek sonorilon nek frapilon, estis vezikita kaj makulita. Vagistoj sin trenadis en la pordalkovon kaj ekbruligis alumetojn sur la paneloj; infanoj butikludis sur la ŝtupoj; la lerneja knabo provadis sian poŝtranĉilon sur la muldaĵoj, kaj en la daŭro de preskaŭ tuta generacio, aperis neniu por forpeli tiujn okazajn vizitantojn aŭ por ripari iliajn ruinigaĵojn.

Sinjoro Enfield kaj la leĝisto iris sur la alia flanko de la strato; sed kiam ili alvenis ĝuste kontraŭ la enirejo, la unua levis montre sian bastonon.

"Ĉu vi iam rimarkis tiun pordon?" li demandis; kaj kiam lia kunulo respondis jese, "Ĝi estas kunigita en mia memoro," li aldonis, "kun tre stranga historio."

"Ĉu efektive?" diris Sinjoro Utterson kun malgranda ŝanĝo de voĉo. "Kaj kio estis tio?"

"Nu, estis tiele," respondis Sinjoro Enfield. "Mi estis revenanta hejmen de iu mondfina loko ĉirkaŭ la tria horo de nigra vintra mateno, kaj mia vojo kondukis min tra parto de la urbo, kie oni povis vidi absolute nenion krom stratlanternoj. Estis strato post strato, kaj ĉiuj loĝantoj estis dormantaj—strato post strato, ĉiuj iluminitaj kvazaŭ por procesio, kaj ĉiuj tiel malplenaj kiel preĝejo—ĝis fine mi eniĝis en tiun staton de menso, en kiu oni aŭskultas kaj aŭskultadas kaj komencas arde deziri, ke sin montru policano. Subite, mi vidis du figurojn: unu estis malgranda viro, kiu iris orienten laŭ bona marŝpaŝado, kaj la alia, knabino eble ok- aŭ dekjara, kuranta tiel rapide, kiel ŝi povis sur transa strato. Nu, sinjoro, ili ambaŭ, ja sufiĉe kompreneble, kunfrapiĝis unu kontraŭ la

alian ĉe la angulo, kaj tiam okazis la terurega parto de la afero; ĉar la viro trankvile premegis subpiede la korpon de l' infanino kaj lasis ŝin kriegantan sur la tero. Tio, aŭdata, estas nenio, sed vidata, ĝi estis infera. Ne estis kiel homo; estis kvazaŭ iu malbenita ĝaganato.[3] 'He, haltu!' mi kriegis, kaj lin kuratinginte, ekkaptis mian sinjoron je l' nuko kaj rekondukis lin tien, kie staris jam tuta grupo ĉirkaŭ la krieganta infanino. Li estis tute trankvila kaj faris nenian kontraŭstaron, sed li ĵetis sur min unu rigardon, tiel malbelan, ke ĝi ŝvitigis min kiel kurado. La personoj alvenintaj estis la propra familio de la knabino; kaj baldaŭ aperis la kuracisto, por kiu oni estis ŝin sendinta. Nu, la infanino ne estis multe vundita, sed pli ĝuste timigita, laŭ la diro de lia ostosegista moŝto; kaj jen, vi povus supozi, estus la fino de la afero. Sed estis unu stranga cirkonstanco. Jam ĉe la unua vido, la viraĉo inspiris en mi naŭzon. Ankaŭ la familio de la knabino ŝajnis senti same, kio estis ja nur nature. Sed kio frapis min, estis la kazo de la kuracisto. Li estis laŭ la ordinara tipo de apotekisto, de neniu speciala aĝo aŭ koloro, kun forta Edinburga parolmaniero, kaj ne pli emociema, ol sakfajfilo. Nu, sinjoro, al li estis, kiel al ni ĉiuj: ĉiufoje kiam li rigardis mian kaptiton, mi vidis, ke tiu ostosegisto naŭziĝas kaj blankiĝas pro deziro lin mortigi. Mi sciis, kio estas en lia menso same kiel li sciis kio estas en la mia, kaj, ĉar mortigo estis neebla, ni faris tion, kion ni juĝis la dua plej bona. Ni diris al la viro, ke ni povas fari, kaj ja faros, tian skandalon el la okazintaĵo, ke lia nomo malbonodoros de unu fino de Londono ĝis la alia. Ke, se li havas amikojn aŭ kian ajn reputacion, ni bone zorgos, ke li ilin perdu. Kaj la tutan tempon, dum ni lin tiele regalis per niaj brulaj vortoj, ni fortenadis de li la virinojn kiel eble plej bone, ĉar ili estis sovaĝaj kiel harpioj. Neniam mi vidis rondon da tiel malamegaj vizaĝoj; kaj jen la viro en la mezo, kun ia nigra ridaĉa trankvileco—timigita tamen ankaŭ, mi povis rimarki—sed elportanta la aferon, sinjoro, efektive kiel

Satano. 'Se vi elektas fari profiton el tiu ĉi okazintaĵo,' li diris, 'mi kompreneble ne povas malhelpi. Ĉiu sinjoro deziras eviti skandalon,' li diris. 'Nomu vian sumon.' Nu, ni suprentordis lin ĝis cent pundoj por la familio de la knabino; li videble volis kontraŭstari; sed ĉe ni ĉiuj estis io, kio minacis al li nenion bonan, kaj fine li kapitulacis. Restis ricevi la monon; kaj kien, vi pensas, li kondukis nin, se ne al tiu loko kun la pordo?—Li eltiris ŝlosilon el la poŝo, eniris kaj tuj revenis kun dek pundoj en oro kaj ĉeko je Coutts[4] por la cetero, pagota al la portanto, kaj subskribita per nomo, kiun mi ne povas citi, kvankam ĉi tio estas unu el la punktoj de mia rakonto, sed ĝi estis nomo almenaŭ tre bone konata kaj ofte presita. La sumo estis granda; sed la subskribo estis bona por pli ol tiom, se nur ĝi ne estis falsaĵo. Mi permesis al mi la liberecon, rimarkigi al mia sinjoro, ke la tuta afero ŝajnas apokrifa; kaj ke en la reala vivo oni ne eniras tra pordo de kelo je la kvara matene por eliri kun la ĉeko de alia homo por preskaŭ cent pundoj. Sed li estis tute trankvila kaj mokrida. 'Trankviligu vin,' li diris, 'mi restos kun vi ĝis la bankoj malfermiĝos, kaj tiam mi mem monerigos la ĉekon.' Tial ni ĉiuj ekiris, la kuracisto, la patro de la infanino, nia amiko, kaj mi mem, kaj ni pasigis la restaĵon de la nokto en mia ĉambraro; kaj, la sekvintan matenon, post kiam ni manĝis, ni iris kune al la banko. Mi mem prezentis la ĉekon kaj diris, ke mi havas ĉiun kaŭzon por kredi, ke ĝi estas falsaĵo. Sed tute ne. La ĉeko estis vera."

"Nekredeble," diris Sinjoro Utterson.

"Mi vidas, ke vi sentas kiel mi," diris Sinjoro Enfield. "Jes, estas malbona afero. Ĉar mia homo estis tia, kun kia neniu povus havi rilaton, homo vere malbeninda; kaj la persono, kiu skribis la ĉekon, estas la vera esenco de la konveneco, fama ankaŭ, kaj (kio pli malbonigas la aferon) el tiuj, kiuj faras kion oni nomas 'la bono'. Silentigmono, mi supozas; honestulo paganta karege iajn malsaĝaĵojn de sia juneco. La Domo de la Silentigmono, tiel mi nomas, sekve, tiun konstruaĵon kun la

pordo. Kvankam eĉ tio ja ne sufiĉas por klarigi ĉion," li aldonis; kaj ĉe tiuj vortoj, li enreviĝis.

El tio li estis revokita de iom subita demando de Sinjoro Utterson: "Kaj vi ne scias, ĉu la tratinto de la ĉeko loĝas tie?"

"Verŝajna loko, ĉu ne?" respondis Sinjoro Enfield. "Sed okazas, ke mi rimarkis lian adreson; li loĝas ĉe iu aŭ tiu placo."

"Kaj vi neniam demandis pri—la loko kun la pordo?" diris Sinjoro Utterson.

"Ne, sinjoro, mi estas diskretema," estis la respondo. "Mi havas tre decidan opinion pri la farado de demandoj; ĝi tro inklinas al la stilo de la Lasta Juĝo. Vi ekirigas demandon, kaj tio estas kvazaŭ ekirigi ŝtonon. Vi sidadas kviete sur la supro de monteto; kaj malsupreniras la ŝtono, ekirigante aliajn ŝtonojn, kaj baldaŭ iu afabla maljunulo (la lasta pri kiu vi povus pensi en tiu rilato) estas frapita je la kapo en sia propra posta ĝardeno, kaj la familio devas ŝanĝi sian nomon. Ne, sinjoro, mi faris al mi regulon, ke, ju pli afero ŝajnas stranga, des malpli mi demandojn faras."

"Kaj, vere, tre bona regulo ĝi estas," diris la leĝisto.

"Sed mi esploris la lokon mi mem," daŭrigis Sinjoro Enfield. "Ĝi apenaŭ ŝajnas domo. Ne troviĝas alia pordo, kaj neniu en- aŭ eliras per tiu, krom, de tempo al tempo, la sinjoro de mia aventuro. Estas, en la supra etaĝo, tri fenestroj, kiuj rigardas sur la korton; neniu malsupre; la fenestroj estas ĉiam fermitaj, sed puraj. Kaj, plie, estas kamentubo, kiu ĝenerale elĵetas fumon; tial iu sendube loĝas tie. Kaj tamen tio ne estas certa; ĉar la konstruaĵoj tiel sin interpremas ĉirkaŭ la korto, ke malfacile estas diri, kie unu finiĝas kaj alia komenciĝas."

La paro denove antaŭenmarŝis silente dum iom da tempo, kaj tiam: "Enfield," diris Utterson, "estas bona, via regulo."

"Jes, tiel mi kredas," respondis Enfield.

"Sed malgraŭ ĉio," daŭrigis la leĝisto, "estas unu punkto pri kiu mi deziras demandi; mi deziras peti la nomon de tiu homo, kiu piedpremis la infaninon."

"Nu," diris Sinjoro Enfield, "mi ne povas vidi, ke tio iel malutilus. Estis homo nomita Hyde.[5]

"Hm," diris Sinjoro Utterson. "Kia homo, kiel li aspektas?"

"Ne estas facile lin priskribi. Estas io malagrabla ĉe lia aspekto; io malplaĉa, io absolute abomeninda. Mi neniam vidis homon, kiu tiom al mi malplaĉis, kaj tamen mi apenaŭ scias kial. Li ja nepre estas iel kriplita; li forte sentigas ian kriplecon, kvankam mi ne povus precizigi ĝian lokon. Lia aspekto estas iel eksterordinara kaj mi tamen ĉe li ne povas citi nome ion kontraŭnorman. Ne, sinjoro, ne al mi prosperas, mi ne povas lin priskribi. Kaj tio ne estas pro manko de memoro; ĉar mi certigas, ke mi lin povas revidi en ĉi tiu momento."

Sinjoro Utterson denove iom marŝadis silente, kaj evidente sub la pezo de ia pripensado. "Vi estas certa, ke li uzis ŝlosilon?" li demandis fine.

"Mia kara sinjoro…" komencis Enfield, tre surprizita.

"Jes, mi scias," diris Utterson. "Mi scias, ke ĉi tio devas ŝajni stranga. La fakto estas, ke se mi ne petas al vi la nomon de la alia persono, tio estas ĉar mi jam ĝin konas. Vi vidas, Richard, ke via rakonto trafis. Se ĝi estis malĝusta pri iu punkto, pli bone estus, ke vi ĝin korektu."

"Ŝajnas al mi, ke via devo estis min averti," respondis la alia, iom malbonhumore. "Sed mi estis pedante 'ĝusta', kiel vi ĝin nomas. La kanajlo havis ja ŝlosilon, kaj, plie, li ankoraŭ ĝin havas. Mi lin vidis uzi ĝin antaŭ malpli ol unu semajno."

Sinjoro Utterson ekĝemis profunde, sed ne diris vorton; kaj la junulo parolis denove: "Jen alia leciono, kiu admonas diri nenion. Mi hontas pri mia longa lango. Ni interkonsentu, neniam ree aludi ĉi tiun aferon."

"Tutkore," diris la leĝisto. "Mi donas pri tio la manon, Richard."

ĈAPITRO II

LA SERĈADO POR SINJORO HYDE

Tiun saman vesperon Sinjoro Utterson revenis hejmen al sia fraŭla domo en malgaja humoro kaj sidiĝis vespermanĝi sen apetito. Estis dimanĉe lia kutimo, post la finiĝo de tiu manĝo sidi apud la fajro, kun volumo de ia neinteresa religiaĵo sur sia pupitro, ĝis la horloĝo de la apuda preĝejo sonorigis la dekduan horon, kiam li sobre kaj dankeme iris kuŝiĝi. Tiun nokton, tamen, tuj kiam oni forportis la tablotukon, li prenis kandelon kaj eniris en sian aferĉambron. Tie li malfermis sian fortan kofron, elprenis el ĝia plej privata parto dokumenton signitan ⌜sur la koverto kiel⌝ la testamento de Doktoro Jekyll,[6] kaj sidiĝis kun nuba frunto por esplori ĝian enhavon. La testamento estis holografa; ĉar Sinjoro Utterson, kvankam li gardis ĝin nun kiam ĝi estas farita, antaŭe rifuzis doni eĉ la plej malgrandan helpon pri ĝia farado; ĝi kondiĉis ne nur ke, en okazo de la morto de Henry Jekyll M.D., D.C.L., LL.D., F.R.S., k.t.p. lia tuta havo transpasu en la manojn de lia "amiko kaj bonfarinto, Edward Hyde"; sed ke, en okazo de la "malapero aŭ neklarigita forestado de Doktoro Jekyll dum kiu ajn periodo pli ol tri monatoj," la dirita Edward Hyde anstataŭu la diritan Doktoron Jekyll sen plua prokrasto kaj estu libera je ĉia ŝarĝo aŭ devo, krom la alpago de kelkaj malgrandaj sumoj al la anoj de la doktora domo. De longe ĉi tiu dokumento estis la ĉefa abomenaĵo de la leĝisto. Ĝi lin ofendis, ne nur kiel leĝiston, por kiu la fantazieco estis

nemodesta, sed ankaŭ kiel amanton de la prudentaj kaj ordinaraj flankoj de la vivo. Kaj ĝis tiam, estis lia nescio pri Sinjoro Hyde, kiu ŝveligis lian indignon; nun, per subita okazintaĵo, estis lia scio. Sufiĉe malbone jam, ke la nomo estis nur nomo, pri kiu li ne povas ion pluan sciiĝi. Estis ankoraŭ pli malbone, kiam ĝi ekvestiĝis de abomenindaj ecoj; kaj el la ŝanĝiĝemaj sensubstancaj nebuloj, kiuj tiel trompadis lian okulon, eksaltis la subita, difinita bildo de demono.

"Mi pensis ĝin frenezo," li diris, remetante en la kofron la ofendantan paperon, "kaj jam mi komencas timi, ke ĝi estas malhonoro."

Ĉe tio li estingis la kandelon, surmetis palton, kaj ekiris sur la vojo al Cavendish Square,[7] tiu citadelo de la medicino, kie lia amiko, la fama Doktoro Lanyon,[8] havis sian domon kaj akceptis sian amase venantan klientaron. "Se iu scias, tiu estas Lanyon," li pensis.

La seriozmiena ĉefservisto konis kaj bonvenigis lin; li ne estis devigata prokrasti sian eniron, sed kondukita tuj de la pordo al la manĝoĉambro, kie sidis Doktoro Lanyon sola kun sia vino. Tiu estis bonkora, sana, eleganta, ruĝvizaĝa sinjoro, kun amaso da haroj antaŭtempe blankaj, kaj energia decida maniero. Vidante Sinjoron Utterson, li eksaltis de sia seĝo, kaj bonvenigis lin per ambaŭ manoj. La bonvoleco, laŭ lia speciala maniero, estis iome teatra; sed ĝi estis bazita sur reala sento. Ĉar tiuj du estis malnovaj kunuloj en la lernejo kaj la universitato, ambaŭ plenege respektis sin mem kaj la alian, kaj, kio ne ĉiam sekvas, ili estis homoj, kiuj plenege ĝuis reciproke sian kunestadon.

Post iom da vagada interparolado, la leĝisto alproksimiĝis al la temo, kiu tiel malagrable priokupadis liajn pensojn.

"Mi supozas, Lanyon," li diris, "ke vi kaj mi estas la du plej malnovaj amikoj, kiujn havas Henry Jekyll?"

"Mi dezirus, ke la amikoj estu pli junule freŝaj," diris ride Doktoro Lanyon. "Nu, mi supozas, ke ni ja estas. Kaj kio el tio? Mi lin vidas nun malofte."

"Vere?" diris Utterson. "Mi kredis, ke vin ligas ia komuna intereso."

"Ĝi ligis," estis la respondo. "Sed pasis jam pli ol dek jaroj, de kiam Henry Jekyll fariĝis tro fantaziema por mi. Li komencis deflankiĝi, deflankiĝi de la vojo de l' prudento; kaj kvankam, kompreneble, mi ankoraŭ interesiĝas pri li pro la malnovaj tagoj, mi lin vidis, kaj vidas, tre malofte. Tia nescienca sensencaĵo," aldonis la doktoro, subite purpuriĝante, "disigus ja Damon kaj Pitias."

Tiu ĉi malgranda elmontro de kolero iom trankviligis Sinjoron Utterson. "Ili nur malpacis pro iu punkto scienca," li pensis, kaj, estante homo tute sen sciencaj pasioj ⌜(krom rilate al vendkontraktoj)⌝, li eĉ aldonis: "Estas pro nenio pli malbona ol tio!" Li lasis al sia amiko kelkajn momentojn por resereniĝi, kaj poste alproksimiĝis al la demando, kiu estis la motivo de lia vizito. "Ĉu vi iam renkontis protektaton lian nomitan Hyde?" li demandis.

"Hyde?" ripetis Lanyon. "Ne! Neniam aŭdis pri li. Post mia tempo."

Jen la sumo de la informoj, kiun la leĝisto reportis kun si al la granda malluma lito, sur kiu li en malkvieta moviĝado kuŝis tra la fruaj horoj ĝis la alveno de l' mateno. Estis nokto malmulte ripoziga por lia penanta menso, penanta en la mallumo kaj sieĝata de demandoj.

Sonis la sesa per la sonoriloj de la preĝejo, kiu staris tiel oportune apud la domo de Sinjoro Utterson, kaj ankoraŭ li luktis kun la problemo. Ĝis nun tiu problemo estis tuŝinta lin nur sur lia flanko intelekta, sed nun ankaŭ lia imago estis okupata aŭ, por diri pliĝuste, sklavigita; kaj, dum li tie kuŝadis kaj ĵetiĝadis en la mallumegeco de la nokto kaj de sia kurtendrapirita ĉambro, la rakonto de Sinjoro Enfield preterpasis antaŭ lia menso kvazaŭ sur rulaĵo de lumigitaj bildoj. Jen li vidas la longajn vicojn de lanternoj de nokta urbo; poste, figuron de homo rapide marŝanta; jen infaninon kurantan de la kuracista domo, jen tiuj du kunfrapiĝas kaj tiu

homa ĝaganato piede subpremas la infaninon kaj antaŭenpaŝas, neniel atentante pri ŝiaj krioj. Aŭ jen li vidas ĉambron en riĉa domo, kie kuŝas lia amiko dormanta, songante, kaj ridetante pro siaj songoj; kaj jen la pordo malfermiĝas, la kurtenoj apartiĝas, la dormanto revekiĝas, kaj jen! staras apud li figuro, al kiu estas donita potenco, kaj eĉ je tiu senviva horo, li devas leviĝi kaj fari laŭ ĝia ordono. La figuro en tiuj du fazoj obsedis la leĝiston dum la tuta nokto; kaj se, je iu momento, li ekdormis, estis nur por vidi ĝin gliti pli kaŝe tra dormantaj domoj aŭ ŝoviĝi pli rapide ⸢kaj eĉ pli rapidege⸣, eĉ ĝis kapturniĝo, tra pli larĝaj labirintoj de lanterne lumata urbo, kaj, ĉe ĉiu angulo, surmarŝi sur infaninon kaj ŝin lasi kriegantan. Kaj tamen la figuro ne havis ian vizaĝon, per kiu li povus ĝin rekoni; eĉ dum liaj songoj, ĝi havis aŭ nenian vizaĝon, aŭ unu, kiu trompis lin kaj dissolviĝis antaŭ liaj okuloj; kaj tiel naskiĝis kaj rapide pligrandiĝis en la menso de la leĝisto strange forta, preskaŭ supermezura scivolo rigardi la trajtojn de la vera Sinjoro Hyde. Se li povus nur unufoje rigardi lin, li opiniis, la mistero klariĝus kaj eble forruliĝus, kiel estas la kutimo ĉe misteraĵoj, kiam oni elesploras ilin. Li eble povus ekvidi kaŭzon por la stranga prefero aŭ sklaveco (nomu ĝin, kiel al vi plaĉas) de sia amiko, kaj eĉ por la frapante strangaj kondiĉoj de la testamento. Kaj almenaŭ ĝi estus vizaĝo vidinda; la vizaĝo de homo tute senkompata; vizaĝo, kiu devis nur sin ekmontri por naski, en la menso de la neimpresiĝema Enfield, senton de daŭronta malamego.

De tiu tempo Sinjoro Utterson komencis konstante viziti la pordon en la flankstrato de l' butikoj. Matene, antaŭ la horo de la oficeja laboro, tagmeze, kiam la negocoj estis multaj kaj la tempo malmulta, nokte, sub la vizaĝo de la nebula ⸢urba⸣ luno—⸢en ĉiuj lumkondiĉoj kaj⸣ en ĉiuj horoj ⸢de soleco aŭ homamasiĝo,⸣ la leĝisto estis trovebla ĉe sia elektita posteno.

"Se li estas Sinjoro Hyde," li pensis, "mi estos Sinjoro Seek."[9]

Kaj fine lia pacienco estis rekompencita. Estis bela, seka nokto; frosto en la aero; la stratoj tiel puraj, kiel la planko de balĉambro; la lanternoj, skuataj de neniu vento, desegnis regulajn formojn el lumo kaj ombro. Je la deka, kiam la butikoj fermiĝis, la flankstrato estis jam tre senhoma, kaj malgraŭ la mallaŭta muĝado de Londono ĉie ĉirkaŭe, tre silenta. ⌜Etaj sonoj portiĝis de malproksime; hejmecaj sonoj el la domoj estis klare aŭdeblaj ambaŭflanke de l' vojo; kaj la alproksimiĝa bruo de iu ajn preteriranto estis perceptebla longe antaŭ ol lia alveno.⌝ Sinjoro Utterson jam staris dum kelkaj minutoj ĉe sia posteno, kiam li eksciiĝis pri stranga malpeza piedpaŝo alproksimiĝanta. En la daŭro de siaj ĉiunoktaj patroloj, li jam de longe kutimiĝis al la kurioza efekto, kun kiu la piedsonado de sola persono, dum tiu estas ankoraŭ malproksimega, subite elsaltegas klare distingebla el la vasta zumado kaj bruado de la urbo. Tamen lia atento estis neniam antaŭe tiel subite kaj decidige kaptita; kaj estis kun forta superstiĉa antaŭsento de sukceso, ke li retiris sin en la enirejon de la korto.

La paŝoj rapide alproksimiĝis, kaj subite plilaŭtiĝis kiam ili ĉirkaŭpasis la angulon de la strato. La leĝisto, rigardante el la enirejo, povis baldaŭ vidi, kun kia homo li devas trakti. Tiu ĉi estis malgranda kaj tre simple vestita; kaj lia mieno, eĉ je tiu malproksimeco, iel naskis en la observanto fortan antipation. Sed li iris rekte al la pordo, transpasante oblikve la straton por ne perdi tempon, kaj, dum li venis, li eltiris ŝlosilon el la poŝo, kvazaŭ iu, kiu alproksimiĝas al la hejmo.

Sinjoro Utterson elpaŝis kaj tuŝis lin je la ŝultro dum li preterpasis. "Sinjoro Hyde, mi kredas."

Sinjoro Hyde kuntiriĝis malantaŭen kun sibla enspiro. Sed lia timo estis nur momenta; kaj, kvankam li ne rigardis la leĝiston rekte en la vizaĝon, li respondis sufiĉe trankvile: "Tiu estas mia nomo. Kion vi deziras?"

"Mi vidas, ke vi estas enironta," diris la leĝisto. "Mi estas malnova amiko de Doktoro Jekyll—Sinjoro Utterson de

Gaunt-strato—vi sendube aŭdis mian nomon; kaj renkontante vin tiel oportune, mi kredis, ke vi povos enlasi min."

"Vi ne trovos Doktoron Jekyll; li estas for," respondis Sinjoro Hyde, enblovante en la truon de la ŝlosilo. Kaj tiam subite, sed ne levante la rigardon: "Kiel vi konis min?" li demandis.

"Viaflanke," diris Sinjoro Utterson, "ĉu vi faros al mi komplezon?"

"Kun plezuro," respondis la alia. "Kio ĝi estu?"

"Ĉu vi permesos, ke mi vidu vian vizaĝon?" demandis la leĝisto.

Sinjoro Hyde ŝajnis heziti; fine kvazaŭ post ia subita pripenso, frontis al li kun mieno de defio, kaj la paro sufiĉe fikse rigardadis sin reciproke dum kelkaj momentoj. "Nun mi povos rekoni vin," diris Sinjoro Utterson. "Eble estos utile."

"Jes," respondis Sinjoro Hyde. "Estas ja bone ke ni renkontiĝis; kaj konvenas, ke vi havu mian adreson." Kaj li donis numeron en strato de Soho.[10]

"Bona Dio!" pensis Sinjoro Utterson. "Ĉu li ankaŭ estis pensanta pri la testamento?" Sed li retenadis siajn sentojn kaj nur gruntis dankon pro la dono de l' adreso.

"Kaj nun," diris la alia, "kiel vi rekonis min?"

"Laŭ priparolo," estis la respondo.

"Kies priparolo?"

"Ni havas komunajn amikojn," diris Sinjoro Utterson.

"Komunajn amikojn?" eĥis Sinjoro Hyde iom raŭke. "Kiuj ili estas?"

"Jekyll ekzemple," diris la leĝisto.

"Li neniam diris al vi," kriis Sinjoro Hyde, kun ekruĝiĝo de kolero. "Mi ne kredis, ke vi mensogos."

"Nu," diris Sinjoro Utterson, "tia parolo ne estas deca."

La alia rikanis laŭte en sovaĝan ridon; kaj jen la sekvintan momenton, kun eksterordinara rapideco, li malŝlosis la pordon kaj malaperis en la domon.

La leĝisto staris dum kelka tempo post kiam Sinjoro Hyde forlasis lin, la bildo de l' maltrankvileco. Tiam li malrapide supreniris la straton, haltetante post ĉiuj du-tri paŝoj, kaj metante la manon al la frunto, kiel homo en ia mensa perplekseco. La problemo, kiun li promenante tiele pripensis, estis el speco, kiu malofte solviĝas. Sinjoro Hyde estis pala, kaj havis pigmean eksteraĵon; li donis la impreson de malbelformiteco sen ia nomebla malbeleco de formo, li havis mallogan rideton, kaj li estis kondutinta kontraŭ la leĝisto kun ia malplaĉega miksaĵo de timemeco kaj trokuraĝo, kaj li parolis per raŭketa, flustra, kaj iom rompita voĉo; ĉiuj ĉi punktoj estis kontraŭ li, sed ĉio ĉi kune ne sufiĉis por klarigi la ĝis tiam nekonitan naŭzon, abomenon kaj timon, kun kiu Sinjoro Utterson rigardis lin. "Devas esti io plu," diris en si la perpleksa sinjoro. "Estas ja io plu, se mi povus por ĝi eltrovi nomon. Dio min benu, la viro ŝajnas apenaŭ homa! Io troglodita, ni diru? ⌜Aŭ ĉu povas esti la malnova verso pri Doktoro Fell?⌝[11] Aŭ ĉu estas tie nur la radiado de malpurega animo, kiu tiel traspiras kaj transfiguras sian argilan loĝejon? La lasta, mi pensas; ĉar, ho mia malfeliĉa maljuna Harry Jekyll,[12] se mi iam legis sur vizaĝo la subskribon de Satano, estas sur tiu de via nova amiko."

Ĉirkaŭ la angulo de la flankstrato estis placo kun antikvaj, belaspektaj domoj, jam plejparte kadukiĝintaj el ilia antaŭa gloro, kaj luigitaj po etaĝoj kaj ĉambraroj al homoj el ĉiuj specoj kaj cirkonstancoj: mapgravuristoj, arĥitektoj, fi-reputaciaj leĝistoj, kaj la agentoj de kaŝataj entreprenoj. Unu konstruaĵo, tamen, la dua for de la angulo, estis ankoraŭ tute okupata; kaj, antaŭ ĝia pordo, kiu portis grandan ŝajnon de riĉeco kaj komforto, kvankam ĝi estis nun envolvita en mallumo, krom ĉe la fenestreto super ĝi, Sinjoro Utterson haltis kaj frapis. Bone vestita, maljuneta servisto malfermis la pordon.

"Ĉu Doktoro Jekyll estas hejme, Poole?"[13] demandis la leĝisto.

"Mi certigos, Sinjoro Utterson," diris Poole, dume enlasante la vizitanton en grandan komfortan vestiblon kun malalta plafono, pavimitan per kahelegoj, hejtatan (laŭ la maniero de kampara domego) per hela malfermita fajro kaj meblitan per multekostaj mebloj el kverko. "Ĉu vi volas atendi tie ĉi apud la fajro, sinjoro? Aŭ ĉu mi eklumigu por vi en la manĝoĉambro?"

"Ĉi tie, mi dankas," diris la leĝisto; kaj li alproksimiĝis kaj apogis sin sur la alta fajrgardilo. Tiu ĉi vestiblo, en kiu li nun restis sola, estis favorita fantazio de lia amiko la doktoro; kaj Utterson mem kutimis paroli pri ĝi kiel la plej agrabla ĉambro en Londono. Sed hodiaŭ nokte estis tremaĉo en lia sango; la vizaĝo de Hyde kuŝis peze sur lia memoro; li sentis (kio ĉe li estis malofta) naŭzon kaj malŝaton pri la vivo; kaj en la malgajeco de sia humoro, li kvazaŭ legis minacon en la flagrado de la fajrlumo sur la poluritaj mebloj kaj en la maltrankvila eksaltado de la ombraĵo sur la plafono. Li hontis pro la trankviliĝo, kiun li sentis, kiam Poole baldaŭ revenis por anonci, ke Doktoro Jekyll estis elirinta.

"Mi vidis Sinjoron Hyde eniri per la pordo de la iama dissekcia ĉambro, Poole," li diris. "Ĉu tio estas tute bona, kiam Doktoro Jekyll estas for de l' hejmo?"

"Tute bona, Sinjoro Utterson," respondis la servisto. "Sinjoro Hyde havas ŝlosilon."

"Via mastro ŝajnas multe konfidi al tiu junulo, Poole," daŭrigis la leĝisto reve.

"Jes, sinjoro, tion li ja faras," diris Poole. "Ni ĉiuj ricevis ordonojn, lin obei."

"Mi ne pensas, ke mi iam renkontis lin ĉi tie," diris Utterson.

"Ho, ne, efektive, sinjoro. Li neniam estas *tablogasto* tie ĉi," ⌜respondis la ĉefservisto⌝. "Ni ja vidas lin tre malofte ĉi-tiuflanke de la domo; li plej ofte venas kaj iras per la laboratorio."

"Nu, bonan nokton, Poole."

"Bonan nokton, Sinjoro Utterson."

Kaj la leĝisto ekiris al sia hejmo kun tre malgaja koro. "Malfeliĉa Harry Jekyll," li pensis, "miaj pensoj min trompas se li ne perdiĝas en profundajn akvojn! Li estis tre malbonkonduta, kiam li estis juna, antaŭ tre longe, ja vere, sed en la leĝaro de Dio statuto de limigo ne ekzistas. Ha, devas esti tio; la fantomo de iu malnova peko, la kancero de iu kaŝita malhonoro: puno venanta, *pede claudo*, jarojn post kiam la memoro forgesis kaj la memamo pardonis la kulpon." Kaj la leĝisto, timigita de la penso, zorgmeditis dum iom da tempo pri sia propra estinta vivo, serĉante en ĉiuj anguloj de sia memoro, timante ke, hazarde, ia malnova pekaĵo ⌜kvazaŭ saltpupo⌝ eksaltu el tie al la lumo. Lia estinta vivo estis sufiĉe senkulpa; malmultaj homoj povus legi la arĥivojn de sia vivo kun malpli da antaŭtimo; li, tamen, estis humiligita ĝis la polvo pro la multaj malbonaĵoj, kiujn li iam faris, kaj relevita en sobran kaj timoplenan dankemecon pro tiuj multaj, kiujn li estis preskaŭ farinta sed tamen evitis. Kaj poste, revenante al sia antaŭa temo, li perceptis radion de espero. "Tiu ĉi Sinjoro Hyde, se oni lin esploradus," li pensis, "devas ja havi siajn proprajn sekretojn; nigrajn sekretojn, laŭ sia mieno; sekretojn kompare al kiuj la plej malbonaj de malfeliĉa Jekyll estus kvazaŭ sunlumo. Aferoj ne povas daŭrigi kiel ili estas. Mi malvarmiĝas, kiam mi pensas pri tiu ĉi estaĵo rampanta kiel ŝtelisto al la lito de Harry! Malfeliĉa Harry, kia vekiĝo! Kaj la danĝero; ĉar se tiu ĉi Hyde suspektas la ekziston de la testamento, li eble malpacienciĝos pro deziro heredi. Jes, mi devos meti la ŝultron al la tasko—se nur Jekyll tion al mi permesos," li aldonis, "se nur Jekyll tion al mi permesos." Ĉar denove li vidis antaŭ la okulo interna, klarajn kiel diafanaĵo, la strangajn kondiĉojn de la testamento.

ĈAPITRO III

DOKTORO JEKYLL ESTIS TUTE SENĜENA

Post du semajnoj, laŭ bonega bonŝanco, la doktoro invitis al unu el siaj agrablaj vespermanĝoj kvin aŭ ses malnovajn intimulojn, ĉiuj inteligentaj estimindaj homoj, kaj ĉiuj kompetentuloj pri la bona vino; kaj Sinjoro Utterson tiel manovris, ke li restis post la foriro de la aliaj. Tio ne estis nova aranĝo, sed jam okazis multajn dekojn da fojoj. Kie Utterson estis ŝatata, tie li estis tre multe ŝatata. Dommastroj amis reteni la sekan leĝiston, kiam la gajeguloj kaj la babilemuloj havis jam la piedon sur la sojlo por foriri; ili amis sidi dum iom da tempo kun lia netrudema kunesto, sin ekzercante por la soleco, sobrigante siajn mensojn en lia riĉa silento, post la elspezado kaj streĉado de l' festeco. Al tiu ĉi regulo, Doktoro Jekyll ne estis escepto; kaj dum li nun sidis ĉe la kontraŭa flanko de la fajro—granda, belforma, glatvizaĝa, kvindekjara viro, kun eksteraĵo eble iom ruzeta, sed kun ĉia signo de kapableco kaj bonkoreco—oni povis vidi per liaj rigardoj, ke li havas al Sinjoro Utterson sinceran kaj varman korinklinon.

"Mi deziris paroli kun vi, Jekyll," komencis tiu ĉi. "Temas pri tiu via testamento."

Atenta observanto povus konstati, ke la temo estas malagrabla; sed la doktoro elportis ĝin gaje. "Mia

kompatinda Utterson," li diris, "vi estas malfeliĉa, havi tian klienton. Mi neniam vidis homon tiel afliktita, kiel vi estis pro mia testamento; escepte se estus tiu mallarĝanima pedanto Lanyon, pri tio, kion li nomas miaj sciencaj herezoj. Ho, mi scias, ke li estas bonegulo—vi ne bezonas fari nuban vizaĝon—efektiva bonegulo, mi ĉiam intencas vidi lin pli ofte; sed li tamen, malgraŭ ĉio, mallarĝanima pedanto ja estas; ignoranta, aroganta pedanto. Mi neniam pri iu estis pli dolore trompita, ol pri Lanyon."

"Vi scias, ke mi neniam aprobis ĝin," daŭrigis Utterson, senkompate malatentante la novan temon.

"Mian testamenton? Jes, certe, mi scias tion," diris la doktoro iomete akre. "Tion vi jam diris al mi."

"Nu, mi diras tion al vi denove," daŭrigis la leĝisto. "Mi lastatempe eksciis ion rilate al la juna Hyde."

La granda bela vizaĝo de Doktoro Jekyll paliĝis ĝis la lipoj mem, kaj nigreco aperis ĉirkaŭ liaj okuloj. "Mi ne volas aŭdi plu," li diris. "Tiun temon, mi pensis, ni konsentis ne plu aludi."

"Tio, kion mi aŭdis, estis abomena," diris Utterson.

"Tio ne povas ŝanĝi la aferon. Vi ne komprenas mian pozicion," respondis la doktoro, kun ia nekonsekvenceco de maniero. "Mi troviĝas en doloriga situacio, Utterson; mia pozicio estas tre stranga—ja tre stranga. Estas unu el tiuj aferoj, kiujn la diskutado ne povas ripari."

"Jekyll," diris Utterson, "vi min intime konas: mi estas homo fidinda. Faru pri ĉi tio plenan malkaŝan konfeson; kaj mi neniel dubas, ke mi povos eltiri vin el via embaraso."

"Mia bona Utterson," diris la doktoro, "tio ĉi estas tre bona viaparte, ⌜absolute bona,⌝ kaj mi ne povas trovi vortojn, per kiuj vin danki. Mi plene kredas vin; mi fidus vin plivole ol ĉiun alian vivantan, ja, plivole ol min mem, se mi povus fari la elekton; sed vere ne estas tio, kion vi supozas, ne estas tiel malbone; kaj ĝuste por trankviligi vian bonan koron, mi diros

al vi ĉi tion: tuj kiam mi volos, mi povos min liberigi de Sinjoro Hyde. Pri tio mi donas al vi mian manon, kaj mi dankas vin ree kaj ree; kaj mi aldonos nur unu malgrandan vorton, Utterson, kiun—mi estas certa pri tio—vi akceptos sen ofendiĝo: ke ĉi tio estas privata afero, kaj mi vin petas, lasu ĝin dormadi."

Utterson pripensis dum kelkaj momentoj, rigardante en la fajron.

"Mi havas nenian dubon, ke vi estas tute prava," li diris fine, stariĝante.

"Nu, bone, sed ĉar ni tuŝis tiun ĉi aferon, kaj por la lasta fojo, kiel mi esperas," daŭrigis la doktoro, "estas unu punkto, kiun mi dezirus al vi komprenigi. Mi havas vere grandan intereson al la malfeliĉa Hyde. Mi scias, ke vi vidis lin; li tion diris al mi; kaj mi timas, ke li kondutis malĝentile. Sed mi ja sincere havas grandan, grandegan intereson al tiu junulo; kaj se mi estus forprenita, Utterson, mi deziras, ke vi promesu al mi, toleri lin kaj havigi al li liajn rajtojn. Vi tion farus, mi pensas, se vi scius ĉion; kaj estus ŝarĝo forigita de mia animo, se vi promesus."

"Mi ne povas ŝajnigi, ke mi iam amos lin," diris la leĝisto.

"Tion mi ne postulas," petegis Jekyll, metante sian manon sur la brakon de la alia. "Mi postulas nur la justecon; mi petas nur, ke vi helpu lin pro amo al mi, kiam mi ĉi tie ne estos plu."

Utterson ekĝemis malgraŭvole. "Nu," li diris, "mi promesas."

ĈAPITRO IV

LA AFERO PRI LA CAREW-MORTIGO[14]

Preskaŭ unu jaron poste, en la monato oktobro 18—, Londono estis ektimigita de krimo de stranga kruelegeco, kiun igis pli rimarkinda la alta rango de la viktimo. La detaloj estis malmultaj kaj timigaj. Servistino, loĝanta sola en domo ne malproksima de la rivero, estis suprenirinta por kuŝiĝi ĉirkaŭ la dekunua. Kvankam nebulo ruliĝis super la urbo dum la fruaj horoj, la unua parto de la nokto estis sennuba, kaj la strateto, sur kiun rigardis la fenestro de la servistino, estis brile lumigata de la plena luno. Ŝajnas, ke ŝi estis romantikema, ĉar ŝi sidiĝis sur sian keston, kiu staris ĝuste sub la fenestro, kaj enprofundiĝis en revadon. Neniam (ŝi kutimis diri kun fluantaj larmoj, kiam ŝi rakontis la okazintaĵon) neniam ŝi estis sentinta sin pli en paco kun ĉiuj homoj, aŭ pensinta pli bonvole pri la mondo. Kaj dum ŝi tiel sidadis, ŝi ekvidis maljunan, belan sinjoron kun blankaj haroj, alproksimiĝantan sur la strateto; kaj antaŭenirantan renkonte al li, alian tre malgrandan sinjoron, kiun komence ŝi malpli atentis. Kiam ili alvenis ĝis reciproka aŭdebleco (kio estis ĝuste sub la okuloj de la servistino) la pli aĝa viro klinsalutis kaj alparolis al la alia per tre bela maniero de ĝentileco. Ne ŝajnis, ke la temo de lia parolado estas grava; efektive, de lia

montrado ŝajnis, ke li nur demandas pri la vojo; sed la luno brilis sur lian vizaĝon dum li parolis, kaj plaĉis al la knabino ĝin observi, tiel senkulpan kaj malnovmodan bonkorecon de maniero ĝi ŝajnis elspiri, tamen estis ankaŭ ĉe ĝi io alta, kvazaŭ de ia bonfondita memkontento. Baldaŭ ŝia rigardo vagis al la alia, kaj ŝi estis surprizita rekoni en li unu Sinjoron Hyde, kiu foje vizitis ŝian mastron, kaj al kiu ŝi eksentis antipation. Li portis en la mano pezan bastoneton, kiun li sencele manumis; sed li respondis nenian vorton, kaj ŝajnis aŭskulti kun malfacile retenata malpacienco. Kaj tiam subite li eksplodis en grandan flamiĝon de kolero, frapante per la piedo, svingegante sian bastonon, kaj kondutante (kiel diris la servistino) kvazaŭ frenezulo. La maljunulo retiriĝis unu paŝon, kun mieno de homo treege surprizita kaj iome ĉagrenita; kaj ĉe tio, Sinjoro Hyde diskrevigis ĉiujn limojn kaj bastonegis lin teren. Kaj jen tuj poste kun simia furiozo li premegadis subpiede sian viktimon, kaj hajligis sur lin tian ventegon da batoj, ke la ostoj aŭdeble frakasiĝis kaj la korpo saltadis sur la vojo. Pro la teruro de tiu vidaĵo kaj tiuj sonoj, la servistino svenis. Estis la dua horo, kiam ŝi rekonsciiĝis kaj venigis la policon. La mortiginto jam antaŭ longe foriris; sed tie kuŝis lia mortigito meze de la strateto, nekredeble senformigita. La bastono per kiu la ago estis farita, kvankam el iu malofta tre fortika kaj peza ligno, rompiĝis ĉe la mezo per la egeco de tiu sensenta krueleco, kaj unu splitigita duono estis ruliĝinta en la apudan defluilon—la alian sendube forportis la mortiginto. Monujo kaj ora poŝhorloĝo estis trovitaj sur la mortigito, sed nenia karto aŭ papero, krom sigelita kaj afrankita koverto, kiun li kredeble portis al la poŝto, kaj kiu surhavis la nomon kaj adreson de Sinjoro Utterson.

Tiun ĉi oni alportis la sekvintan matenon al la leĝisto antaŭ ol li leviĝis; kaj ĝin vidinte kaj sciiĝinte pri la cirkonstancoj, li tuj elpuŝis solenan lipon. "Mi diros nenion, ĝis mi vidos la kadavron," li diris; "ĉi tio povas esti tre grava. Bonvolu atendi

dum mi vestiĝos." Kaj kun la sama serioza mieno li rapide matenmanĝis kaj veturis al la policejo, kien oni estis alportinta la kadavron. Tuj kiam li eniris en la ĉambron, li faris jesan kapsignon.

"Jes," li diris, "mi rekonas lin. Mi bedaŭras diri, ke tiu ĉi estas Sir Danvers Carew."

"Mia Dio, sinjoro," ekkriis la policisto, "ĉu estas eble?" Kaj tuj poste lia okulo ekbrilis pro profesia ambicio. "Tio ĉi faros grandan bruon," li diris. "Kaj eble vi povos helpi nin kapti la krimulon." Kaj li resume rakontis tion, kion la servistino estis vidinta, kaj almontris la rompitan bastonon.

Sinjoro Utterson jam tremis ĉe la nomo Hyde; sed kiam oni metis antaŭ lin la bastonon, li ne povis dubi plu: kvankam ĝi estis rompita kaj elbatita, li rekonis ĝin kiel unu, kiun li mem donacis antaŭ multaj jaroj al Henry Jekyll.

"Ĉu tiu ĉi Sinjoro Hyde estas persono de malalta kresko?" li demandis.

"Speciale malgranda kaj speciale fi-aspekta, tiel la servistino lin nomas," diris la oficisto.

Sinjoro Utterson pripensadis; poste, levante la kapon: "Se vi venos kun mi en mia veturilo," li diris, "mi kredas, ke mi povos konduki vin al lia domo."

Estis jam preskaŭ la naŭa de la mateno, kaj okazis la unua nebulo de la sezono. Granda ĉokoladkolora vaporo malleviĝis de la ĉielo kvazaŭ ĉerkokovrilo, sed la vento senĉese atakegis kaj forpelis tiujn remparigitajn vaporojn; tiel, ke dum la malrapida rampado de la fiakro el unu strato sur alian, Sinjoro Utterson povis vidi mirindan nombron da gradoj kaj nuancoj de krepuska lumo; ĉar jen malhelis kvazaŭ en la profundo de vespera ĉielo; jen la ardado de riĉa flamstriita bruno, kiel la brilo de ia stranga brulado; kaj jen, momente, la nebulo tute dispeliĝis, kaj palega radio da taglumo traglitis inter la turniĝantaj volvaĵoj de l' vaporo. La funebreca kvartalo Soho, vidata sub ĉi tiuj ŝanĝiĝantaj ekrigardoj kun

LIBREJO
KAFEJO
LIBREJO

siaj kotaj vojoj kaj malelegantaj preterirantoj, kaj siaj lanternoj, kiuj estis aŭ ankoraŭ ne estingitaj aŭ rebruligitaj por kontraŭbatali tiun ĉi malĝojan reinvadon de la mallumo, ŝajnis, al la okuloj de la leĝisto, simili kvartalon de urbo en ia koŝmaro. Liaj pensoj, plie, estis tinkturitaj per la plej malgajaj koloroj; kaj kiam li ekrigardis sian veturkunulon, li sentis ian tuŝon de tiu teruro al la leĝo kaj ĝiaj oficistoj, kiu foje povas ataki eĉ la plej honestan.

Kiam la veturilo haltis ĉe la montrita adreso, la nebulo iome leviĝis, kaj li ekvidis malhelan straton, ĝindrinkejon, francan manĝejaĉon, ⌜butikon kiu vendis malmultekostajn periodaĵojn kaj manĝetojn,⌝ multajn ĉifone vestitajn infanojn, kunpremitajn en la domaj enirejoj, kaj multajn virinojn, el diversaj nacioj, elirantajn kun ŝlosilo en la mano por trinki matenan glason; kaj, la sekvintan momenton la nebulo, bruna kiel umbro, denove malsuprenvenis sur tiun lokon kaj fortranĉis lin de la friponejo lin ĉirkaŭanta. Ĉi tie estis la hejmo de la favorato de Henry Jekyll; de homo heredonta kvaronon da miliono sterlinga.

Arĝenthara maljunulino, kun vizaĝo kvazaŭ el eburo, malfermis la pordon. Ŝi havis malbonan vizaĝon, glatigitan de hipokriteco; sed ŝia maniero estis ĝentila. Jes, ŝi diris, Sinjoro Hyde ja loĝas tie ĉi, sed ne estas hejme; li estis en la domo lastan nokton tre malfrue, sed reeliris post malpli ol unu horo; tio tute ne estas stranga; liaj kutimoj estas tre neregulaj, kaj li ofte forestas; ekzemple, ĝis hieraŭ ŝi ne vidis lin jam de preskaŭ du monatoj.

"Bone, ni do deziras vidi liajn ĉambrojn," diris la leĝisto; kaj, kiam la virino komencis deklari, ke tio estas neebla: "Mi devas sciigi al vi, kiu estas ĉi tiu kun mi," li aldonis. "Tiu ĉi estas Inspektoro Newcomen, el Scotland Yard."[15]

Ekbrilaĉo de malama ĝojo aperis sur la vizaĝo de la virino. "Ha!" ŝi diris, "li estas serĉata! Kion li faris?"

Sinjoro Utterson kaj la inspektoro rigardis sin reciproke. "Li ne ŝajnas esti tre populara persono," diris ĉi tiu. "Kaj nun, mia bonulino, permesu, ke mi kaj tiu ĉi sinjoro iome ĉirkaŭrigardu."

El la tuta domo, kiu krom pro la maljunulino restis senhoma, Sinjoro Hyde estis okupinta nur du ĉambrojn; sed tiuj estis meblitaj lukse kaj bonguste. Ŝranko estis plenigita de bona vino; la teleraro estis el arĝento, la tukaro eleganta; bona pentraĵo pendis sur la muro, donaco (Utterson supozis) de Henry Jekyll, kiu estis granda spertulo; kaj la tapiŝoj estis dikegaj kaj el agrablaj koloroj. En tiu ĉi momento, tamen, la ĉambroj montris ĉian signon de antaŭnelonga kaj rapida traserĉado; dise sur la planko kuŝis vestaĵoj, kun la poŝoj turnitaj eksteren; ŝloseblaj tirkestoj staris malfermitaj, kaj sur la fajrejo kuŝis amaso da griza cindro, kvazaŭ multe da paperoj estis bruligitaj. El ĉi tiu cindramaso la inspektoro eltiris la dikan ekstremaĵon de verda ĉeklibro, kontraŭstarintan la efikon de la fajro; la alia duono de la bastono estis trovita post la pordo; kaj, ĉar tio ĉi certigis liajn suspektojn, la policano deklaris sin ravita. Vizito al la banko, kie oni sciigis lin, ke kelkmilo da pundoj sterlingaj kuŝas tie je la kredito de la mortiginto, kompletigis lian kontentecon.

"Vi povas havi fidon, sinjoro," diris li al Sinjoro Utterson, "ke mi nun havas lin bone en la mano. Li sendube perdis la kapon, alie li neniam lasus la bastonon, kaj, antaŭ ĉio, neniam bruligus la ĉekaron. Nur per mono li povas ja vivi. Ni havas nenion por fari, krom atendi lin ĉe la banko kaj eldoni la afiŝetojn."

Tiu ĉi lasta afero, tamen, ne estis tiel facile efektivigebla; ĉar Sinjoro Hyde havis malmulte da konatoj—eĉ la mastro de la servistino lin vidis nur dufoje; lian parencaron oni povis eltrovi nenie; li estis neniam fotografita; kaj la nemultaj, kiuj povis lin priskribi, tute malkonsentis inter si, laŭ la kutimo de ordinaraj observantoj. Pri nur unu sola punkto ili konsentis;

kaj tiu estis la obsedanta sento de neesprimita kripleco, per kiu la fuĝinto impresis tiujn, kiuj lin vidis.

ĈAPITRO V

LA OKAZO PRI LA LETERO

Estis malfrue en la posttagmezo, kiam Sinjoro Utterson alvenis al la pordo de Doktoro Jekyll, kie li estis tuj enlasita de Poole kaj kondukita malsupren preter la kuirejo kaj trans korton, kiu iam estis ĝardeno, ĝis la konstruaĵo, kiun oni nomis indiferente, la laboratorio aŭ dissekcaj ĉambroj. La doktoro aĉetis la domon de la heredintoj de fama ĥirurgiisto; kaj ĉar liaj propraj gustoj estis pli ĥemiaj ol anatomiaj, li ŝanĝis la destinon de la konstruaĵo en la posta parto de la ĝardeno. Estis la unua fojo, kiam la leĝisto estis akceptita en tiu parto de la loĝejo de sia amiko; kaj li observis la malluman senfenestran konstruaĵon kun scivolo, kaj ĉirkaŭen rigardis kun malagrabla sento de strangeco, dum li transiris la operacian teatron, iam amase plenigitan de fervoraj studentoj, nun malplenan kaj silentan, kun la tabloj ŝarĝitaj de ĥemiaj aparatoj, la planko kovrita de kestoj kaj pakpajlo, kaj la lumo malklare falanta tra la nebula kupolo. Ĉe la transa flanko, ŝtuparo kondukis supren al pordo kovrita de ruĝa drapo kaj tra tiu Sinjoro Utterson estis fine akceptita en la kabineton de la doktoro. Estis granda ĉambro, ĉirkaugarnita per vitraj ŝrankoj, meblita interalie per spegulego kaj skribtablo, kaj elrigardanta sur la korton per tri polvokovritaj fenestroj kun feraj baroj. Fajro brulis sur la kameno; lampo ekbruligita staris sur la kamenbreto, ĉar eĉ en la domoj la

TERURA
MORTIGO

nebulo komencis kuŝi dense; kaj tie, proksimege de la varmo, sidis Doktoro Jekyll, ŝajne morte malsana. Li ne stariĝis por akcepti sian vizitanton, sed etendis nekore la manon kaj bonvenigis lin per ŝanĝita voĉo.

"Kaj nun," diris Sinjoro Utterson, tuj post la eliro de Poole, "vi aŭdis la novaĵon, ĉu ne?"

La doktoro tremetis. "Oni kriis ĝin sur la placo," li diris. "Mi aŭdis tion en mia manĝoĉambro."

"Unu vorton," diris la leĝisto. "Carew estis mia kliento, sed tio vi ankaŭ estas, kaj mi volas scii, kion mi devas fari. Vi ja ne estis sufiĉe freneza, kaŝi ie tiun ĉi kanajlon?"

"Utterson, mi ĵuras antaŭ Dio," ekkriis la doktoro, "mi ĵuras antaŭ Dio, ke mi neniam revidos lin plu. Mi ligas min al vi per mia honoro, ke mi de nun ĉesigos ĉian rilaton kun li en tiu ĉi mondo. Ĉio finiĝis. Kaj, efektive, li ne deziras mian helpon; vi ne konas lin kiel mi; li estas for el danĝero, tute for el danĝero; atentu miajn vortojn, oni pri li ne aŭdos plu."

La leĝisto aŭskultis malgaje; ne plaĉis al li la febra maniero de lia amiko. "Vi ŝajnas tre certa pri li," li diris; "kaj por vi mem mi esperas, ke vi estos prava. Se okazus proceso, via nomo eble aperus."

"Mi estas tute certa pri li," respondis Jekyll. "Mi havas bazon por tiu certeco, kiun mi povas konfidi al neniu. Sed estas unu afero, pri kiu vi povas min konsili. Mi estas—mi estas ricevinta leteron, kaj min embarasas decidi, ĉu mi devus montri ĝin al la polico. Mi volus lasi la aferon en viaj manoj, Utterson; vi juĝus saĝe, mi estas certa, tiel grandan konfidon mi havas al vi."

"Vi timas, mi supozas, ke ĝi povus konduki al lia troviĝo, ĉu ne?" demandis la leĝisto.

"Ne," diris la alia. "Mi ne povas diri, ke min tuŝas, kio fariĝos al Hyde; kun li mi ne rilatos plu. Mi pensis pri mia propra reputacio, kiun ĉi tiu malaminda afero iom kompromitis."

Hyde.

Utterson pripensadis iom; lin mirigis la egoismo de lia amiko kaj, tamen, trankviligis lin. “Nu,” li diris fine, “permesu, ke mi vidu la leteron.”

La letero estis skribita laŭ stranga vertikala maniero, kaj subskribita “Edward Hyde”; kaj ĝi deklaris, sufiĉe mallonge, ke la bonfarinto de la skribinto, Doktoro Jekyll, al kiu li estis de longe tiel malinde repaginta milon da favoroj, ne bezonas timi pri lia sendanĝereco, ĉar li havas rimedojn por forkuri, al kiuj li havas absolutan fidon. Sufiĉe plaĉis al la leĝisto ĉi tiu letero; ĝi donis pli bonan aspekton al la intimeco, ol li jam atendis; kaj li kulpigis sin pro kelkaj siaj antaŭaj suspektoj. “Ĉu vi havas la koverton?” li demandis.

“Mi bruligis ĝin,” respondis Jekyll, “antaŭ ol konscii kion mi faris; sed ĝi portis nenian stampon de l’ poŝto. Oni alportis ĝin private.”

“Ĉu mi konservu ĉi tion kaj lasu decidon ĝis morgaŭ?” demandis Utterson.

“Mi deziras, ke vi decidu por mi tute,” estis la respondo. “Mi perdis ĉian fidon al mi mem.”

“Nu, mi pripensos,” diris la leĝisto. “Kaj nun unu vorton plu: estis Hyde, ĉu ne, kiu diktis la kondiĉojn en via testamento pri tiu malapero?”

La doktoron ŝajne kaptis eksveno. Li kunpremis la lipojn kaj jesis per kapsigno.

“Tion mi divenis,” diris Utterson. “Li intencis mortigi vin. Nur iom plu, kaj vin jam estus trafinta la morto.”

“Min trafis io multe pli efika,” respondis solene la doktoro. “Min trafis averto—ho Dio, Utterson, kia averto!” Kaj li momente kovris la vizaĝon per la manoj.

Elirante, la leĝisto haltis kaj iom interparolis kun Poole. “⌜Parenteze,”⌝ li diris, “oni hodiaŭ alportis leteron: kian aspekton havis la portinto?” Sed Poole estis certega, ke nenio venis krom poŝte; “kaj eĉ tiel nur cirkuleroj,” ⌜li aldonis.⌝

Ĉi tiu novaĵo forsendis la vizitinton kun renovigitaj timoj. Evidente la letero alvenis per la laboratoria pordo; eble ja ĝi estis skribita en la kabineto; kaj se tiel estas, ĝi devas esti juĝata alie kaj traktata kun tiom pli da singardemo. La ĵurnalvendistoj, dum li iris, sinraŭkige kriegis laŭlonge la trotuaroj: "Speciala eldono. Terura mortigo de Parlamentano." Tio estis la funebra parolado de unu amiko kaj kliento; kaj li ne povis ne timi, ke la bonfamo de ankoraŭ alia amiko estos tirata malsupren en la turniĝado de l' skandalo. La decido, kiun li devos fari estis almenaŭ iom delikata; kaj memfida kvankam li estis laŭ kutimo, li komencis dorloti deziron, havi ies konsilon. ⸢Tion li ne povus malkaŝe peti; sed eble, li pensis, li povus eltiri ĝin ruze.⸣

Baldaŭ poste, li sidis ĉe unu flanko de sia propra kameno, kun Sinjoro Guest,[16] sia ĉefkomizo, ĉe la alia, kaj meze inter ili, je delikate kalkulita distanco de la fajro, staris botelo da ia speciala malnova vino, kiu de longe kuŝadis nesunumata en la fundamentoj de lia domo. La nebulo ankoraŭ flugpendis dormeme super la droninta urbo, kie la lampoj lumetis kiel karbunkoloj; kaj tra la obtuziganta, sufoka amaso de tiuj falintaj nuboj la procesio de la vivo de l' urbo ankoraŭ enruliĝadis tra la grandaj arterioj kun sonego kvazaŭ de potenca vento. Sed la ĉambro estis gaja en la lumo de l' fajro. En la botelo la acidoj estis jam de longe solviĝintaj; kun pasado de tempo la imperia tinkturo mildiĝis, kiel la koloro en koloritaj fenestroj alprenas nuancojn pli riĉajn; kaj la ardeco de varmegaj aŭtunaj posttagmezoj sur montetflankaj vinberejoj estis preta liberiĝi kaj dispeli la nebulojn de Londono. Nesenteble la humoro de la leĝisto moliĝis. Al neniu li kaŝis malpli da sekretoj, ol al Sinjoro Guest; kaj li ja ne estis ĉiam certa, ke li kaŝis tiom, kiom li intencis. Guest ofte iris al la doktora domo pri aferoj; li konis Poole; li povis apenaŭ ne rimarki la intimecon de Sinjoro Hyde en tiu domo; li povus fari konkludojn; ĉu do ne estus konsilinde, ke li vidu

leteron, kiu tiun misteron klarigas? Kaj antaŭ ĉio, ĉar Guest, estante fervora studanto kaj kritikanto de skribmanieroj, konsiderus la konfidon natura kaj kompleza? Guest plie estis konsilemulo; li apenaŭ legus tian strangan dokumenton, ne eldirante rimarkon; kaj laŭ tiu rimarko Sinjoro Utterson eble povus direkti sian estontan agadon.

"Estas malĝoja afero pri Sir Danvers," li diris.

"Ja efektive ĝi estas, sinjoro. Ĝi elvokis grandan publikan senton," respondis Guest. "Kompreneble la krimulo estis freneza."

"Mi multe dezirus aŭdi vian opinion pri tio," respondis Utterson. "Mi havas ĉi tie dokumenton de li skribitan; estas tute inter ni, ĉar mi apenaŭ scias, kion fari pri ĝi; eĉ plej bonaspekte la afero estas malbela. Sed jen, tute laŭ via speciala intereso: aŭtografo de mortiginto."

La okuloj de Guest plibriliĝis, kaj li tuj komencis esplori ĝin pasie. "Ne, sinjoro," li diris, "ne freneza; sed estas stranga skribmaniero."

"Kaj laŭ ĉiuj diroj ankaŭ tre stranga skribinto," aldonis la leĝisto.

Ĝuste en tiu momento la servisto eniris kun letereto.

"Ĉu tiu estas de Doktoro Jekyll, sinjoro?" demandis la komizo. "Mi pensis, ke mi rekonas la skribon. Ĉu estas io privata, Sinjoro Utterson?"

"Nur invito al vespermanĝo. Kial? Ĉu vi deziras ĝin rigardi?"

"Momenton. Mi dankas vin, sinjoro." Kaj la komizo metis la du foliojn flankon ĉe flanko kaj zorge komparis ilian enhavon. "Dankon, sinjoro," li fine diris, redonante ambaŭ. "Estas tre interesa aŭtografo."

Okazis longa paŭzo, dum kiu Sinjoro Utterson batalis kontraŭ si mem. "Kial vi komparis ilin, Guest?" li subite demandis.

"Nu, sinjoro," respondis la komizo, "estas iom rimarkinda simileco; la du skribmanieroj estas laŭ multaj punktoj identaj, nur malsimile klinitaj."

"Iom strange," diris Utterson.

"Ja estas, kiel vi diras, iom strange," respondis Guest.

"Bone estus, ne paroli pri tiu ĉi letero, vi komprenas," diris la mastro.

"Jes, sinjoro," diris la komizo, "mi komprenas."

Sed Sinjoro Utterson, tuj kiam li estis sola tiun nokton, enŝlosis la leteron en sia forta kofro, kaj tie ĝi ripozis ek de tiam. "Kio!" li pensis. "Henry Jekyll falsi por mortiginto!" Kaj lia sango malvarmiĝis en liaj vejnoj.

ĈAPITRO VI

LA RIMARKINDA OKAZO PRI DOKTORO LANYON

La tempo pasadis; miloj da pundoj sterlingaj estis proponitaj kiel rekompenco, ĉar la morto de Sir Danvers ofendis kiel publika malfeliĉo, sed Sinjoro Hyde estis malaperinta el la sciado de la polico kvazaŭ li neniam ekzistis. Oni ja elfosis multon pri lia estinta vivado, kaj ĉio estis malbonfama: rakontoj elsaltis pri lia krueleco tiom senkompatema kiom perforta, pri lia malnobla vivado, pri liaj strangaj kunuloj, pri la malamo, kiu ŝajnis ĉirkaŭi lian karieron; sed pri lia nuntempa kaŝejo, ne eĉ murmureto. De l' tempo, kiam li forlasis la domon en Soho, la matenon de la mortigo, li simple malaperis; kaj iom post iom, kun la pasado de tempo, Sinjoro Utterson komencis perdi la unuan varmegecon de sia timo kaj pli kvietiĝi en si mem. La morto de Sir Danvers estis liaopinie pli ol kompensita per la malapero de Sinjoro Hyde. Nun kiam tiu malbona influo estis forigita, nova vivo komenciĝis por Doktoro Jekyll. Li elvenis el sia soleco, renovigis rilatojn kun siaj amikoj, fariĝis denove ilia familiara gasto kaj regalanto; kaj, kvankam li estis ĉiam konita kiel bonfaranto, li nun estis ne malpli fama pro sia pieco. Li estis tre okupata, li estis multe en la libera aero, li faris la bonon; lia vizaĝo ŝajnis malfermiĝi

kaj pliheliĝi, kvazaŭ pro interna konscio de servofarado; kaj dum pli ol du monatoj la doktoro vivis en paco.

La 8-an de januaro, Utterson estis manĝinta ĉe la doktoro kun malgranda invititaro; Lanyon ĉeestis; kaj la vizaĝo de la mastro rigardis de unu al la alia kiel en la pasintaj tagoj, kiam la trio estis nedisigeblaj amikoj. La 12-an, kaj ree la 14-an, la pordo restis fermita kontraŭ la leĝisto. "La doktoro ne povas forlasi la domon," Poole diris, "kaj li akceptas neniun." La 15-an, li ree provis kaj ree estis rifuzita; kaj, kutiminte dum la lastaj du monatoj vidi sian amikon jam preskaŭ ĉiutage, li trovis ĉi tiun revenon al la soleco iom peza sur sia animo. La kvinan nokton, li invitis Guest vespermanĝi kun li; kaj, la sesan, li iris al Doktoro Lanyon.

Tie almenaŭ oni ne rifuzis enlasi lin; sed enirante, li estis terurita pro la ŝanĝo okazinta en la mieno de la doktoro. Mortordono estis legeble skribita sur lia vizaĝo. La antaŭe rozkolora vizaĝo estis paliĝinta; la karno konsumiĝis; li estis videble pli senhara kaj pli maljuna; kaj, tamen, ne estis tiom tiuj signoj de rapidega fizika disfalo, kiuj altiris la observadon de la leĝisto, kiom ŝanĝiĝo en liaj rigardo kaj maniero, kiuj ŝajnis atesti pri ia profunde kuŝanta teruro de la menso. Ne verŝajne estis, ke la doktoro timas la morton; kaj tion tamen Utterson estis tentata suspekti. "Jes," li pensis, "li estas kuracisto, li sendube konas sian propran staton, kaj scias, ke liaj tagoj estas kalkulitaj; kaj la scio estas pli, ol li povas toleri." Kaj tamen, kiam Utterson parolis pri lia malsana aspekto, estis kun ŝajno de granda firmeco, ke Lanyon deklaris sin kondamnita al la morto.

"Min trafis granda ŝoko," li diris, "kaj mi neniam resaniĝos. Estas afero nur de semajnoj. Nu, la vivado estis agrabla; mi ŝatis ĝin; jes, sinjoro, mi kutimis ĝin ŝati. Mi foje pensas, ke se ni scius ĉion, ni pli ĝojus foriri."

"Jekyll estas ankaŭ malsana," diris Utterson. "Ĉu vi vidis lin?"

Sed la vizaĝo de Lanyon ŝanĝiĝis, kaj li levis tremantan manon. "Mi volas nek vidi nek aŭdi plu pri Doktoro Jekyll," li diris per laŭta ŝanceliĝa voĉo. "Kun tiu persono mi ne rilatos plu; kaj mi petas, ke vi evitu ĉian aludon al iu, kiun mi konsideras mortinta."

"Nu, nu!" diris Sinjoro Utterson; kaj tiam, post longa paŭzo; "Ĉu mi ne povas fari ion?" li demandis. "Ni estas tri tre malnovaj amikoj, Lanyon; ni ne vivos sufiĉe longe, por fari aliajn."

"Nenio estas farebla," respondis Lanyon, "demandu al li mem."

"Li ne volas akcepti min," diris la leĝisto.

"Tio min ne surprizas," estis la respondo.

"Iam, Utterson, kiam mi estos mortinta, vi eble sciiĝos pri la praveco kaj malpraveco de ĉi tiu afero. Mi ne povas diri. Kaj dume, se vi povas sidi kun mi kaj paroli pri aliaj aferoj, pro Dio restu kaj tiel faru; sed, se vi ne povas eviti tiun malbenitan temon, je la nomo de Dio foriru, ĉar tion mi ne povas elporti."

Alveninte hejmen, Utterson tuj sidiĝis kaj skribis al Jekyll, plendante pri sia eksigo de lia domo, kaj demandante la kaŭzon de ĉi tiu malfeliĉa disiĝo rilate Lanyon; kaj la morgaŭa tago alportis al li longan respondon, jen tre kortuŝante verkitan, jen kun senco mallume mistera. La malpaco kun Lanyon estis nekuracebla. "Mi ne kulpigas mian malnovan amikon," Jekyll skribis, "sed mi partoprenas lian opinion, ke ni devas neniam revidi unu la alian. Mi intencas de nun vivadi en ekstrema soleco; vi devos ne esti surprizata, nek dubi pri mia amikeco, se mia pordo estos ofte fermata eĉ kontraŭ vin. Vi devos toleri, ke mi iradu laŭ mia propra malluma vojo. Mi faligis sur min punon kaj danĝeron, kiujn mi ne povas nomi. Se mi estas la ĉefa el pekintoj, mi estas ankaŭ la ĉefa el suferantoj. Mi ne povis pensi, ke tiu ĉi tero havas lokon por suferoj kaj teruroj tiel animŝancelantaj; kaj por malpezigi tiun ĉi fatalon, vi povas fari nur ĉi tion: respekti mian silentadon."

Utterson miregis; la malbona influo de Hyde estis fortirita, la doktoro jam revenis al siaj kutimaj taskoj kaj amikoj; antaŭ unu semajno, la estonteco estis ridetanta kun ĉia promeso pri gaja kaj estimata maljuneco; kaj, jen, subite, amikeco kaj paco de animo, kaj la tuta vojiro de lia vivo ruiniĝis. Tiel granda kaj neantaŭpensita ŝanĝo montris al frenezeco; sed laŭ la teniĝo kaj paroloj de Lanyon, devas ekzisti por ĝi kaŭzo pli profunda.

Semajnon post tio Doktoro Lanyon enlitiĝis, kaj antaŭ ol pasis dekkvar tagoj li mortis. La nokton post la enterigo, ĉe kiu li estis dolore kortuŝita, Utterson ŝlosis la pordon de sia privata oficejo, kaj sidante tie en la lumo de malgaja kandelo li eltiris kaj metis antaŭ sin koverton adresitan per la mano kaj sigelitan per la sigelilo de sia mortinta amiko. "PRIVATA: por la manoj de G. J. Utterson SOLA, kaj en la okazo de lia antaŭmorto, *detruota nelegite*," tiel ĝi estis emfaze surskribita; kaj la leĝisto timegis rigardi la enhavon. "Mi hodiaŭ enterigis jam unu amikon," li pensis: "kion fari, se ĉi tio kostos al mi alian?" Kaj poste li kondamnis la timon kiel nelojalecon, kaj rompis la sigelon. Interne troviĝis alia enmetaĵo, ankaŭ sigelita, kaj signita sur la koverto jene: "Malfermota nur post la morto aŭ malapero de Doktoro Henry Jekyll." Utterson ne povis fidi siajn okulojn. Jes, la vorto estis ja malapero; kaj tie ĉi denove, kiel en la freneza testamento, kiun li antaŭ longe redonis al ĝia aŭtoro, jen denove estis kunligitaj la ideo de malapero kaj la nomo de Henry Jekyll. Sed en la testamento, tiu ideo naskiĝis el la fia sugesto de la viro Hyde; ĝi estis metita tien laŭ celo nur tro evidenta kaj terura. Sed skribita de la mano de Lanyon, kion ĝi povas signifi? Kreskis en la administranto granda scivolo, malatenti la malpermeson kaj tuj esplori ĝis la fundo tiujn misterojn; sed la profesia honoro kaj fideleco al lia mortinta amiko estis severaj devoj; kaj la pako kuŝis en la plej interna angulo de lia privata forta kofro.

Tamen, forŝovi la scivolecon ne estas ĝin venki; kaj oni povas dubi, ĉu ek de tiu tago Utterson deziris la kunestadon

de sia amiko kun tiom da fervoro. Li pensis pri li bonkore; sed liaj pensoj estis maltrankvilaj kaj plenaj de timo. Li ja iris viziti lian domon; sed eble estis por li malpezigo, ke oni malpermesis al li la eniron; eble, en sia koro, li preferis paroli kun Poole sur la sojlo, ĉirkaŭate de la aero kaj la sonoj de l' malfermita urbo, anstataŭ esti tralasita en tiun domon de propravola sklaveco por sidi kaj paroli kun ĝia nepenetrebla ermito. Poole ja havis neniun agrablan novaĵon por komuniki. La doktoro, ŝajnis, nun pli ol iam enfermis sin en la kabineto super la laboratorio, kie li eĉ kelkafoje dormis; li estis malgaja, fariĝis tre silenta, li ne legis; ŝajnis, kvazaŭ io absorbas lian menson. Utterson tiel kutimiĝis al la ĉiama sameco de tiuj raportoj, ke li iom post iom maloftigis siajn vizitojn.

ĈAPITRO VII

LA OKAZO ĈE LA FENESTRO

Okazis unu dimanĉon, kiam Sinjoro Utterson promenadis kiel kutime kun Sinjoro Enfield, ke ilia vojo kondukis denove tra la flankstrato; kaj ke ambaŭ, veninte ĝis la pordo, haltis por ĝin rigardi.

"Nu," diris Enfield, "almenaŭ tiu afero estas finita. Ni neniam vidos plu Sinjoron Hyde."

"Mi esperas ke ne," diris Utterson. "Ĉu mi iam diris al vi, ke mi foje vidis lin kaj partoprenis vian senton de antipatio?"

"Estis neeble fari unu, ne farante la alian," respondis Enfield. "Kaj, rilate al tio, kia malsaĝulo vi sendube juĝis min, ĉar mi ne sciis, ke tiu ĉi estis posta enirejo al la domo de Doktoro Jekyll! Vi estis parte kulpa, ke mi eltrovis tion eĉ tiam, kiam mi ja ĝin faris."

"Vi do eltrovis, ĉu?" diris Utterson.

"Sed se tiel estas, ni povas eniri en la korton kaj rigardi la fenestrojn. Verdire, mi estas maltrankvila pri la kompatinda Jekyll; kaj mi sentas, kvazaŭ la ĉeesto de amiko, eĉ ekstere, povus fari al li bonon."

La korto estis tre malvarmeta kaj iomete malseka, kaj plena de antaŭtempa krepusko, kvankam la ĉielo mem, alta supre, estis ankoraŭ hela de la sunsubira lumo. La meza fenestro el la tri estis duone malfermita; kaj, sidantan tute proksime de ĝi,

ĝuantan la aeron kun senlima malgajeco de mieno, kvazaŭ iu senkonsola malliberulo, Utterson vidis Doktoron Jekyll.

"Kio! Jekyll!" li ekkriis. "Mi esperas, ke vi pli bone fartas."

"Mi estas en tre malbona stato, Utterson," respondis la doktoro senespere, "tre malbona. Tio ne daŭros longe, dankon al Dio."

"Vi restas tro multe en la domo," diris la leĝisto. "Vi devus esti ekstere, vipante la sangiradon, kiel Sinjoro Enfield kaj mi. (Ĉi tiu estas mia kuzo—Sinjoro Enfield—Doktoro Jekyll.) Venu do; prenu vian ĉapelon kaj faru kun ni viglan promenadon."

"Vi estas tre bona," ekĝemis la alia. "Mi tre ŝatus tion; sed ne, ne, ne, estas tute neeble; mi ne kuraĝas. Sed vere, Utterson, mi tre ĝojas vin vidi; estas ja granda plezuro; mi volus peti, ke vi kaj Sinjoro Enfield suprenvenu, sed la loko ja ne estas en deca stato."

"Nu, do," diris la leĝisto bonkore, "ni ne povos pli bone fari, ol resti tie ĉi kaj paroli kun vi de kie ni estas."

"Tiun proponon mi ĵus estis riskonta," respondis la doktoro kun rideto. Sed apenaŭ la parolo eliris el lia buŝo, la rideto estis forfrapita el lia vizaĝo kaj sekvita de esprimo tiel profundege terura kaj malespera, ke ĝi glaciigis la sangon mem al la du sinjoroj malsupre. Ili ĝin vidis nur dum momento, ĉar la fenestro estis rapidege malsuprentirita; sed la ekvido sufiĉis, kaj ili sin turnis kaj forlasis la korton sen vorto. Silente, ankaŭ, ili trairis la flankstraton, kaj nur veninte en apudan straton, ⌜kie eĉ dimanĉe estis ioma moviĝado de vivaferoj,⌝ turnis Sinjoro Utterson por rigardi sian kunulon. Ili estis ambaŭ palaj, kaj estis respondo de terurego en iliaj okuloj.

"Dio nin pardonu! Dio nin pardonu!" diris Sinjoro Utterson.

Sed Sinjoro Enfield nur seriozege skuis la kapon, kaj denove antaŭen iris silente.

ĈAPITRO VIII

LA LASTA NOKTO

Sinjoro Utterson sidis apud la fajro unu vesperon post la vespermanĝo, kiam li estis mirigita ricevi viziton de Poole.

"Dio min benu, Poole, kio kondukas vin ĉi tien?" li ekkriis, kaj poste, rigardinte lin duan fojon, "Kio estas?" li aldonis. "Ĉu la doktoro estas malsana?"

"Sinjoro Utterson," diris la viro, "io malbona okazas."

"Sidiĝu, kaj jen glaso da vino por vi," diris la leĝisto. "Nun, ne rapidu, kaj diru al mi klare tion, kion vi deziras."

"Vi konas la kutimojn de la doktoro, sinjoro," respondis Poole, "kaj vi scias, kiel li sin enfermadas. Nu, li estas ree enfermita en sia kabineto; kaj la afero al mi ne plaĉas, sinjoro—mi mortu, se ĝi al mi plaĉas! Sinjoro Utterson, mi ion timas."

"Nu, mia brava," diris la leĝisto, "klarigu plene. Kion ja vi timas?"

"De preskaŭ unu semajno mi ion timas," respondis Poole, obstine malatentante la demandon, "kaj mi ne povas elporti tion plu."

Lia mieno plene konfirmis liajn parolojn; lia maniero estis ŝanĝita ⌜des pli malbone⌝; kaj krom en la momento kiam li anoncis sian teruron, li ne eĉ unufoje rigardis la leĝiston rekte en la vizaĝon. Eĉ nun li ankoraŭ sidis kun la glaso da vino

negustumita sur sia genuo, la okuloj direktitaj al angulo de la planko. "Mi ne povas elporti tion plu," li rediris.

"Nu," diris la leĝisto, "mi vidas, ke vi ja havas iun bonan motivon, Poole; mi komprenas, ke okazas io grave maltrankviliga. Penu diri al mi, kio estas."

"Mi pensas, ke efektiviĝis ia krimaĵo," diris Poole raŭke.

"Krimaĵo!" ekkriis la leĝisto, multe timigita kaj sekve iom kolerema. "Kia krimo? Kion li ja volas diri?"

"Mi ne kuraĝas diri, sinjoro," estis la respondo; "sed, ĉu vi venos kun mi, vidi por vi mem?"

La sola respondo de Sinjoro Utterson estis leviĝi kaj preni sian ĉapelon kaj superveston; sed li rimarkis kun miro la altan gradon de la kontentigo, kiu esprimiĝis sur la vizaĝo de la servisto, kaj konstatis eble kun ne malpli da miro, ke la vino estas ankoraŭ ne gustumita, kiam tiu ĝin remetas sur la tablon por sekvi lin.

⌜Estis laŭsezona marta nokto, ventega kaj malvarma, kun pala luno kuŝanta sur sia dorso kvazaŭ klinita de la vento, kaj rapidantaj nuboj de plej diafana kaj gazosimila aspekto. La vento malfaciligis paroladon kaj sangruĝe makuligis la vizaĝon. Ĝi ankaŭ ŝajne malplenigis la stratojn je preterirantoj ĝis nekutima grado; Sinjoro Utterson pensis, ke li neniam antaŭe vidis tiun parton de Londono tiom senhoma. Li deziris, ke estus alimaniere; neniam en sia vivo li sentis tian akran deziron vidi kaj tuŝi siajn kunhomojn; ĉar malgraŭ liaj penoj kontraŭe, sin trudis al lia menso premega antaŭsento de katastrofo.⌝ La placo, kiam ili tien alvenis, estis plena de vento kaj polvo⌜, kaj la maldikaj arboj en la ĝardeno estis sin draŝantaj laŭ la barilo.⌝ Poole, kiu la tutan vojon estis marŝinta unu aŭ du paŝojn antaŭe, nun haltis meze de la trotuaro, kaj, malgraŭ la malvarmega vetero, deprenis sian ĉapelon kaj sekigis la frunton per ruĝa naztuko. Sed malgraŭ la rapideco de lia veno, tiu ne estis la roso de la ekzercado, kiun li forviŝis, sed la malseketaĵo de ia sufokanta angoro; ĉar

lia voĉo, kiam li parolis, estis maldolĉa kaj rompita, kaj pala lia vizaĝo.

"Nu, sinjoro," li diris, "jen ni alvenis, kaj Dio permesu, ke nenio malbona okazis."

"Amen, Poole," diris la leĝisto.

Ĉe tio la servisto frapis laŭ tre diskreta maniero; la pordo estis malfermita sed ankoraŭ detenata per la ĉeno, kaj voĉo de interne demandis: "Ĉu estas vi, Poole?"

"Ĉio en ordo," diris Poole. "Tralasu nin."

La vestiblo, kiam ili envenis, estis hele lumigita; la fajro estis alte amasigita, kaj ĉirkaŭ la fajrejo la tuta servistaro, viroj kaj virinoj, staris kunpremite kiel ŝafaro. Vidinte Sinjoron Utterson, la ĉambristino histerie ekploretis, kaj la kuiristino, ekkriante: "Dank' al Dio! Estas Sinjoro Utterson!" antaŭenkuris kvazaŭ ŝi dezirus lin enbrakigi.

"Kio! Kio! Ĉu vi ĉiuj estas ĉi tie?" diris la leĝisto malkontente. "Tre neregule, tre maldece; via mastro estus tre malkontenta."

"Ili ĉiuj timas," diris Poole.

Absoluta silento sekvis; neniu protestis; nur la ĉambristino altigis la voĉon kaj nun laŭte ploris.

"Fermu la buŝon!" Poole diris al ŝi, kun sovaĝeco de maniero, kiu atestis pri liaj propraj malagorditaj nervoj; kaj, efektive, kiam la knabino tiel subite altigis la noton de sia lamentado, ili ĉiuj eksaltis kaj turnis sin al la interna pordo kun vizaĝoj de teruroplena atendo. "Kaj nun," ⌜daŭrigis la ĉefservisto,⌝ turnante sin al la tranĉilpurigisto, "donu al mi kandelon, kaj ni tuj plenumos la aferon." Kaj tiam, li petis al Sinjoro Utterson lin sekvi, kaj elkondukis lin al la posta ĝardeno.

"Nun, sinjoro," li diris, "vi venu kiel eble plej senbrue. Mi deziras, ke vi aŭdu, sed ke vi ne aŭdiĝu. Kaj vidu, sinjoro, se okaze li petus al vi eniri, ne faru."

La nervoj de Sinjoro Utterson, ĉe tiu neatendita finiĝo, faris eksalton, kiu preskaŭ renversis lin; sed li reprenis sian kuraĝon kaj sekvis la serviston en la laboratoriejon kaj tra la ĥirurgian teatron, kun ĝia malordaĵo de ujoj kaj boteloj, ĝis la malsupro de la ŝtuparo. Ĉi tie Poole signalis al li, ke li staru flanke kaj aŭskultu; dum li mem, demetante la kandelon kaj farante grandan kaj evidentan alvokon al sia decidemo, supreniris la ŝtuparon kaj frapis per iome ŝanceliĝa mano sur la ruĝan drapon de la kabineta pordo.

"Jen Sinjoro Utterson, sinjoro, kiu deziras vin vidi," li kriis; kaj, eĉ dum li ankoraŭ faris tion, li denove agitate signalis al la leĝisto, ke li aŭskultu.

Voĉo el interne respondis: "Diru al li, ke mi ne povas akcepti kiun ajn," ĝi diris plende.

"Dankon, Sinjoro," diris Poole, kun noto kvazaŭ triumfa en sia voĉo; kaj, relevante la kandelon, li kondukis Sinjoron Utterson malantaŭen trans la korton kaj en la grandan kuirejon, en kiu la fajro estis estingiĝinta kaj la blatoj saltadis sur la planko.

"Sinjoro," li diris, rigardante en la okulojn de Sinjoro Utterson, "ĉu tiu estis la voĉo de mia mastro?"

"Ĝi ŝajnis multe ŝanĝita," respondis la leĝisto tre pala, sed redonante rigardon kontraŭ rigardon.

"Ŝanĝita? Nu, mi pensus ke jes," diris la servisto. "Ĉu mi estas dudek jarojn en la domo de tiu ĉi homo, nur por trompiĝi pri lia voĉo? Ne, sinjoro; la mastron oni ien forigis; li estis forigita antaŭ ok tagoj, tiam, kiam ni aŭdis lin alvokantan al la nomo de Dio; kaj *kio* estas tie interne anstataŭ li, kaj *kial* ĝi restas tie, estas io, kio vokas al la ĉielo, Sinjoro Utterson!"

"Tiu ĉi estas tre stranga rakonto, Poole; tiu ĉi estas iome fantazia rakonto, mia bonulo," diris Sinjoro Utterson, mordante sian fingron. "Supozite ke ĉio estas kiel vi opinias, supozite ke Doktoro Jekyll estis—nu, mortigita, kio povus

decidigi la mortiginton restadi ĉi tie? Sensence estas; tio ne rekomendas sin al la prudento."

"Nu, Sinjoro Utterson, vi estas viro tre malfacile konvinkebla, sed mi ja vin fine kredigos," diris Poole. "Dum tiu ĉi lasta semajno, ⸢(mi devas vin informi)⸣ li, aŭ ĝi, aŭ tio, kio ajn loĝas en tiu kabineto, postuladis nokte kaj tage iuspecan medikamenton, kaj ne povas ricevi ĝin laŭ sia deziro. Estis iufoje lia kutimo—tio estas, la kutimo de la mastro—skribi siajn ordonojn sur paperfolion kaj ĵeti ĝin sur la ŝtuparon. Ni havis nenion alian dum tiu ĉi semajno; nenion krom paperoj kaj fermita pordo, kaj la manĝaĵoj mem devis esti lasitaj tie por esti kontrabande enkaptataj kiam neniu rigardis. Nu, sinjoro, ĉiutage, ja du-trifoje en la sama tago, estis ordonoj kaj plendoj, kaj mi estis sendita diskuri al ĉiuj pograndaj apotekistoj en la urbo. Ĉiufoje kiam mi reportis la substancon, estis alia papero dirante al mi, ke mi redonu ĝin, ĉar ĝi ne estas pura, kaj poste venis alia mendo al alia firmo. Tiu ĉi drogo estas treege bezonata⸢, sinjoro,⸣ kiu ajn estas la motivo."

"Ĉu vi havas iun el tiuj paperoj?" demandis Sinjoro Utterson.

Poole serĉis en sia poŝo, kaj eltiris ĉifitan letereton, kiun la leĝisto, sin klinante pliproksimen al la kandelo, zorge esploris. Ĝia enhavo estis jena: "Doktoro Jekyll prezentas siajn komplimentojn al Sinjoroj Maw. Li certigas al ili, ke ilia lasta specimeno estas nepura kaj tute neutila por lia nuna celo. En la jaro 18—, Doktoro J. aĉetis de Sinjoroj Maw iome grandan kvanton. Li nun petegas, ke ili serĉu kun la plej fervora zorgo kaj ke, se iom da sama kvalito restas, ili ekspedu ĝin tuj al li. La kosto ne estas konsiderinda. La graveco de ĉi tio al Doktoro J. povas apenaŭ esti trograndigata." Ĝis tiu punkto la letero estis skribita sufiĉe trankvile; sed, poste, kun subita plumknaro, la emocio de la skribinto estis eksplodinta. "Pro Dio," li estis aldoninta, "trovu por mi iom de la antaŭa."

“Tiu ĉi estas stranga letereto,” diris Sinjoro Utterson; kaj tiam, rapidavoĉe, “Kiamaniere okazas, ke ĝi estas malfermita?”

“La viro ĉe Maw estis tre kolera, sinjoro, kaj reĵetis ĝin al mi kvazaŭ ĝi estus tiom da malpuraĵo,” respondis Poole.

“Ĉi tiu estas sendube la skribstilo de la doktoro, vi scias?” daŭrigis la leĝisto.

“Mi pensis, ke ĝi similas,” diris la servisto iom malkontente; kaj, poste, per alia voĉo: “Sed kion gravas la stilo de l’ skribo?” li diris. “Mi vidis lin.”

“Vidis lin!” rediris Utterson. “Nu?”

“Jen la nekompreneblaĵo!” diris Poole. “‘Estis tiele.’ Mi eniris subite en la teatron el la ĝardeno. Ŝajnis, ke li elglitis por serĉi tiun drogon aŭ kion ajn ĝi estas; ĉar la kabineta pordo estis nefermita, kaj jen li estis ĉe la malproksima flanko de la ĉambro, serĉante inter la ujoj. Li suprenrigardis kiam mi envenis, eligis ian krion kaj suprenkuregis per la ŝtuparo en la kabineton. Nur dum momento mi lin vidis, sed la haroj stariĝis sur mia kapo kiel la pikiloj de histriko. Sinjoro, se tiu estis mia mastro, kial li havis maskon sur la vizaĝo? Se tiu estis mia mastro, kial li ekkriis kiel rato, kaj kuris for de mi? Mi servadis lin sufiĉe longatempe. Kaj ja…” La viro haltis, kaj pasigis la manon sur la vizaĝo.

“Ĉio ĉi tio estas strangaj cirkonstancoj,” diris Sinjoro Utterson, “sed mi kredas, ke mi ekvidas lumon. Via mastro, Poole, estas evidente atakita de unu el tiuj malsanoj, kiuj samtempe turmentegas kaj deformas la suferanton; tial, tiom kiom mi scias, la ŝanĝiĝo de lia voĉo; tial la masko kaj la evitado de siaj amikoj; tial la avideco trovi tiun ĉi drogon, per kiu la malfeliĉulo konservas iom da espero pri fina resaniĝo—Dio permesu, ke li ne trompiĝu! Jen mia klarigo; ĝi estas sufiĉe malgaja, Poole, ja terurega por konsideri, sed ĝi estas simpla kaj natura, konsekvencas bone kune kaj liberigas nin de ĉiaj supermezuraj timoj.”

"Sinjoro," diris la servisto, makule paliĝante, "tiu aĵo ne estas mia mastro, kaj jen la vero. Mia mastro"—li ĉirkaŭrigardis kaj komencis flustri—"estas altkreska, belforma homo, kaj la alia estis pliĝuste malgrandegulo." Utterson provis protesti. "Ho, sinjoro," ekkriis Poole, "ĉu vi pensas, ke mi ne konas mian mastron post dudekjara servado? Ĉu vi pensas, ke mi ne scias ĝis kioma alto lia kapo atingas ĉe la pordo de la kabineto, kie mi lin vidadis ĉiumatene? Ne, sinjoro, tiu maskitaĵo neniam estis Doktoro Jekyll—Dio scias, kio ĝi estas, sed neniam ĝi estis Doktoro Jekyll, kaj estas la kredo de mia koro, ke okazis mortigo."

"Poole," respondis la leĝisto, "se vi tion diras, fariĝos mia devo certiĝi pri tio. Kvankam mi multe deziras respekti la sentojn de via mastro, kvankam mi estas multe embarasita pri tiu ĉi letereto, kiu ŝajnas pruvi, ke li ankoraŭ vivas, mi konsideros, ke estas mia devo, trabati tiun pordon."

"Ha, Sinjoro Utterson, jen vi parolas!" ekkriis la servisto.

"Kaj nun venas la dua demando," daŭrigis la leĝisto: "Kiu tion faros?"

"Nu, vi kaj mi, sinjoro," estis la sentima respondo.

"Tio estas bone dirita," respondis la leĝisto; "kaj kio ajn rezultos, mi zorgos pri tio, ke vi ne estos perdanto."

"Estas hakilo en la teatro," daŭrigis Poole; "kaj vi povas ekpreni la kuirejan fajrostangon por vi mem."

La leĝisto ekprenis en la manon tiun malelegantan sed pezan ilon, kaj balancis ĝin. "Ĉu vi scias, Poole," li diris, suprenrigardante, "ke vi kaj mi estas metontaj nin en situacion iome danĝeran?"

"Vi povas ja prave diri tion, ⌜sinjoro,⌝ " respondis la servisto.

"Estos do bone, ke ni estu sinceraj," diris la alia. "Ni ambaŭ pensas pli ol ni diris; ni malkaŝu nun ĉion. Tiun maskitan figuron, kiun vi vidis, ĉu vi ĝin rekonis?"

"Nu, sinjoro, ĝi iris tiel rapide kaj tiel kunpremite, ke mi apenaŭ povas ĵuri pri tio," estis la respondo. "Sed se vi volas

demandi, ĉu ĝi estis Sinjoro Hyde?—Nu, mi pensas, ke jes! Ĝi ja estis simile granda; kaj ĝi havis la saman rapidan malpezecon de movado; kaj plie, kiu alia povus eniri per la pordo de l' laboratorio? Vi ne forgesis, sinjoro, ke, kiam okazis la mortigo, li ankoraŭ havis sur li la ŝlosilon. Sed tio ne estas ĉio. Mi ne scias, Sinjoro Utterson, ĉu vi iam renkontis Sinjoron Hyde?"

"Jes," diris la leĝisto, "mi unufoje parolis kun li."

"Sekve vi devas scii, same kiel ni ceteraj, ke estis ĉe tiu sinjoro io stranga—io, kio timigis homon—⌜mi ne scias kiamaniere esprimi tion ĝuste, sinjoro, krom jene: tio estis⌝ io, kion oni sentis en la medolo, ⌜iom malvarma kaj maldensa⌝."

"Mi konfesas, ke mi sentis iom da tio," diris Sinjoro Utterson.

"Precize, sinjoro," respondis Poole. "Nu, kiam tiu maskitaĵo eksaltis kvazaŭ simio el inter la ĥemiaĵoj kaj kuregis en la kabineton, tio malsupreniris mian spinon kiel glacio. Ho, mi scias, ke tio ja ne estas pruvo, Sinjoro Utterson; ⌜mi estas sufiĉe instruita por kompreni tion;⌝ sed homo havas siajn sentojn, kaj mi donas al vi mian biblioĵuron, ke estis Sinjoro Hyde."

"Jes, jes," diris la leĝisto. "Miaj timoj inklinas al la sama konkludo. Malbono, mi timas⌜, fondis tiun kunligon—kaj⌝ malbono devis nepre naskiĝi el ĝi. Jes, vere, mi vin kredas; mi kredas, ke malfeliĉa Harry estas mortigita; kaj mi kredas, ke lia mortiginto (pro kia celo, Dio sole povas diri) ankoraŭ sin kaŝas en la ĉambro de sia viktimo. Nu, estu nia nomo la venĝo! Alvoku Bradshaw."[17]

La lakeo alvenis, tre nervema kaj pala.

"Regu vin, Bradshaw," diris la leĝisto. "Tiu ĉi necerteco malbone efikas, mi scias, sur vin ĉiujn; sed mi nun intencas meti al ĝi finon. Poole kaj mi perforte trabatos al ni vojon en la kabineton. Se ĉio estas bona, miaj ŝultroj estas sufiĉe larĝaj por porti la kulpon. Dume, por la okazo se io estas vere

malbona, aŭ se iu malbonfarinto penos forkuri per la posta elirejo, vi kaj la knabo devas ĉirkaŭiri la angulon kun paro de taŭgaj bastonoj, kaj ekokupi postenon ĉe la pordo de la laboratorio. Ni donas al vi dek minutojn por atingi vian lokon."

Ĉe la foriro de Bradshaw la leĝisto rigardis sian poŝhorloĝon. "Kaj nun, Poole, ni iru al la nia," li diris; kaj, prenante la fajrostangon sub la brako, li antaŭeniris en la korton. ⌜La nuboj estis amasiĝintaj antaŭ la luno, kaj⌝ estis jam tute mallume. La vento⌜, kiu nur enŝteliĝis per intermitaj blovetoj en tiun profundaĵon inter la konstruaĵoj,⌝ ĵetis la lumon de la kandelo, jen tien jen reen, ĉirkaŭ iliaj paŝoj, ĝis ili atingis la ŝirmon de la teatro, kie ili silente sidiĝis por atendi. Londono solene zumadis ĉirkaŭe; sed pli apude, la senbrueco estis rompata nur de la sono de piedo, kiu moviĝadis antaŭen-malantaŭen sur la kabineta planko.

"Tiamaniere ĝi marŝadas la tutan tagon, sinjoro," flustris Poole; "jes, kaj pli grandan parton de la nokto. Nur kiam nova specimeno venas de la apotekisto okazas mallonga halteto. Ha, estas malbona konscienco, kiu estas tiel malamika kontraŭ la ripozo! Ha, sinjoro, ĉiu paŝo parolas pri sango kruele disverŝita! Sed aŭskultu denove, iome pliapude—enmetu vian koron en viajn orelojn, Sinjoro Utterson, kaj diru al mi, ĉu tio estas la piedo de l' doktoro?"

La paŝoj faladis malpeze kaj strange, kun difinita svingado, kvankam ili iris tiel malrapide; tio efektive estis tute malsama de la peza, grinca paŝado de Henry Jekyll. Utterson ekĝemis. "Ĉu neniam okazis io alia?" li demandis.

Poole kapjesis. "Foje," li diris. "Foje mi aŭdis ĝin plorantan!"

"Plorantan? Kiel tio?" diris la leĝisto, kun subita frostotremo de teruro.

“Plorantan kiel virino aŭ animo damnita,” diris la servisto. “Mi foriris kun tia sento en la koro, ke mi mem povus ankaŭ plori.”

Sed nun la dek minutoj ekfiniĝis. Poole eltiris la hakilon de sub amaso da pakpajlo; la kandelo estis starigita sur la plej apuda tablo, por lumigi al ili dum la atako; kaj ili alproksimiĝis kun haltigata spirado al tie, kie tiu senlaca piedo ankoraŭ antaŭen-malantaŭeniris en la senbrueco de la nokto.

“Jekyll,” kriis Utterson, per laŭta voĉo. “Mi postulas vidi vin.” Li paŭzis momenton, sed alvenis neniu respondo. “Mi sciigas al vi per justa averto, ke niaj suspektoj estas vekitaj, ke mi devas kaj volas vin vidi,” li daŭrigis; “⌜se ne per decaj rimedoj, tiam per nedecaj—⌝se ne kun via propra kunsento, tiam per bruta forto!”

“Utterson,” diris la voĉo, “pro Dio, kompatu!”

“Ha, tiu ne estas la voĉo de Jekyll—ĝi estas tiu de Hyde!” ekkriis Utterson. “Trahaku la pordon, Poole!”

Poole svingis la hakilon super sian ŝultron; la bato skuis la konstruaĵon, kaj la ruĝtegita pordo saltis kontraŭ la seruron kaj ĉarnirojn. Malgaja kriego, kvazaŭ de nur besta teruro, sonis el la kabineto. Supren denove la hakilo, kaj denove la paneloj fendiĝis kaj saltis la kadro; kvarfoje falis la bato; sed la ligno estis kuntenema kaj la metalaĵoj estis de bonega fariteco; kaj nur post la kvina bato disrompiĝis la seruro, kaj la ruinoj de la pordo trafalis internen sur la tapiŝon.

La sieĝantoj, timigite de sia propra tumulto kaj de la silento kiu sekvis, destaris iome malantaŭen kaj enrigardis. Tie antaŭ iliaj okuloj estis la kabineto en la trankvila lumo de la lampo, bona fajro ardis kaj kraketadis en la fajrujo, la kaldroneto kantis sian kanteton, du-tri tirkestoj estis malfermitaj, paperoj nete ordigitaj kuŝis sur la tablo, kaj pli proksime de la fajro la manĝilaro estis metita por la temanĝo; la plej trankvila ĉambro, oni dirus, kaj, se forestus la vitraj ŝrankoj plenaj de ĥemiaĵoj, la plej ordinara en Londono tiun nokton.

Ĝuste en la mezo kuŝis treege tordita korpo de homo, ankoraŭ ekskuata. Ili alproksimiĝis piedfingre, turnis ĝin sur ĝian dorson, kaj vidis la vizaĝon de Edward Hyde. Li estis vestita per vestoj multe tro grandaj por li, vestoj laŭ la staturo de la doktoro; la tendenoj de l' vizaĝo ankoraŭ moviĝis vivsimile, sed la vivo estis efektive tute foriĝinta; kaj per la dispremita fiolo en lia mano, kaj la forta odoro de migdalkernoj, kiu restis en la aero, Utterson sciis, ke li rigardas la kadavron de memdetruinto.

"Ni venas tro malfrue," li diris severe, "aŭ por savi, aŭ por puni. Hyde estas irinta al sia juĝo; kaj al ni restas nur trovi la korpon de via mastro."

La plej granda parto de la konstruaĵo estis okupata de la teatro, kiu plenigis preskaŭ la tutan teretaĝon ⌜kaj estis lumigata de supre⌝, kaj de la kabineto, kiu formis plisupran etaĝon ĉe unu ekstremaĵo kaj rigardis sur la korton. Koridoro kunigis la teatron kun la pordo en la flankstrato⌜; kaj la kabineto aparte komunikiĝis kun la pordo per dua ŝtuparo⌝. Estis ankaŭ kelkaj mallumaj kameroj kaj vasta kelo. Ĉiujn ili nun traesploris. En ĉiun kameron ili bezonis nur ekrigardi, ĉar ĉiuj estis malplenaj ⌜kaj ĉiuj, se juĝi laŭ la polvo kiu falis de iliaj pordoj, jam de longe restis nemalfermitaj⌝. La kelo, ja, estis plenigita je ĉiuspeca forĵetaĵo, ⌜plejparte datiĝante de l' tempo de la ĥirurgiisto, kiu posedis la konstruaĵon antaŭ ol Jekyll;⌝ sed jam dum ili malfermis la pordon, ili estis avertitaj pri la neutileco de plua serĉado per la falo de tuta mato da araneaĵo, kiu dum jaroj sigelis la enirejon. Nenie troviĝis postsigno de Henry Jekyll, senviva aŭ viva.

Poole piedfrapis sur la kahelojn de la koridoro. "Li kredeble estas enterigita ĉi tie," li diris, aŭskultante la sonon.

"Aŭ eble li forkuris," diris Utterson, kaj turnis por ekzameni la pordon al la flankstrato. Ĝi estis ŝlosita; kaj kuŝantan apude sur la kaheloj, ili trovis la ŝlosilon, jam makulitan per rusto.

"Ĉi tio ne montras uzadon," rimarkis la leĝisto.

"Uzadon!" eĥis Poole. "Ĉu vi ne vidas, sinjoro, ke ĝi estas rompita? Kvazaŭ iu estus ĝin piedfrapadinta."

"Ha," daŭrigis Utterson, "kaj la disrompoj ankaŭ estas rustiĝintaj." La du viroj rigardis sin reciproke kun teruro. "Tio ĉi preteriras mian komprenon, Poole," diris la leĝisto. "Ni revenu en la kabineton."

Ili silente supreniris la ŝtuparon, kaj, de tempo al tempo turnante timoplenan ekrigardon al la kadavro, esploradis pli zorge la enhavon de la kabineto. Sur unu tablo estis postsignoj de ĥemia laborado, diversaj mezuritaj amasetoj de ia blanka salo kuŝis sur vitraj pelvetoj, kvazaŭ por ia eksperimento, ĉe kiu la malfeliĉulo estis malhelpita.

"Tiu estas la sama drogo, kiun mi ĉiam alportadis al li," diris Poole; ⌜kaj ĝuste dum li parolis, la kaldroneto superbolis kun ektimiga bruo.

Tio altiris ilin al la fajrujo, kie la brakseĝo estis komforte lokita, kaj la temanĝilaro staris preta ĉemane, sukero jam en la taso. Estis kelke da libroj sur breto; unu kuŝis malfermita apud la temanĝilaro, kaj Utterson miris eltrovi, ke ĝi estas ekzemplero de pia verko, pri kiu Jekyll multfoje esprimis grandan ŝaton, nun enskribita, per lia propra mano, kun ŝokaj blasfemaĵoj.⌝

Post tio, en la daŭrigo de sia esplorado de la ĉambro, la serĉantoj alvenis ĝis la spegulego, en kies profundon ili rigardis kun senvola teruro. ⌜Sed ĝi estis klinita tiel, ke ĝi montris nenion al ili krom la rozkolora lumeto flagranta sur la plafono, la fajro speguliĝanta centfoje en la vitraj antaŭaĵoj de la ŝrankoj, kaj iliaj propraj vizagoj, palaj kaj timoplenaj, dum ili kliniĝis por enrigardi.⌝

"Tiu ĉi spegulo vidis kelkajn strangaĵojn, sinjoro," flustris Poole.

"Kaj certe neniun pli strangan, ol si mem," eĥis la leĝisto per la sama tono. "Ĉar por kio Jekyll"⌜—li haltigis sin je la

G.J. UTTERSC

nomo, ekkonsternite, kaj tiam venkante la malfortecon:[1] "ĉar por kio Jekyll povus ĝin bezoni?" li diris.

"Tion vi ja povas demandi!" diris Poole.

Poste, ili sin turnis al la skribtablo. Sur la pupitro, inter la orda aro da paperoj, plej supre kuŝis granda koverto, kaj ĝi portis, skribitan per la mano de la doktoro, la nomon de Sinjoro Utterson. La leĝisto rompis la sigelon, kaj diversaj enfermitaĵoj falis planken. La unua estis testamento verkita laŭ la samaj eksterordinaraj kondiĉoj, kiel tiu, kiun li redonis antaŭ ses monatoj por servi kiel testamento en okazo de morto, kaj kiel donacakto en okazo de malapero; sed anstataŭ la nomo de Edward Hyde, la leĝisto kun nepriskribebla mirego legis la nomon de Gabriel John Utterson. Li rigardis Poole, kaj poste denove la paperojn, kaj fine la malbonfarinton, sternitan sur la tapiŝo.

"Turniĝas al mi la kapo," li diris. "Li jam ĉiujn ĉi tagojn restadis ĉi tie kiel posedanto; li ne havis kaŭzon por ami min; li devis furiozi, vidante sin elpuŝita; kaj tiun ĉi dokumenton li tamen ne detruis."

Li levis la plej proksiman paperon; ĝi estis mallonga letereto skribita de la doktoro, kun dato ĉe la supro. "Ho, Poole!" la leĝisto kriis. "Li estis viva, ĉi tie, hodiaŭ. Lin forigi dum tiel mallonga intertempo, oni ne povus; li devas ankoraŭ vivi, li certe ien forkuris! Sed kial do forkuris? Kaj kiel? Kaj ĉi tion en tiu okazo ni kuraĝu nomi memmortigo? Ho, ni devos esti singardemaj. Mi antaŭvidas, ke ni ankoraŭ povas impliki vian mastron en ian teruran katastrofon."

"Kial vi ne legas ĝin, sinjoro?" demandis Poole.

"Ĉar mi timas," respondis la leĝisto solene. "Al Dio plaĉu, ke mi por tio ne havu kaŭzon!" Kaj ĉe tio li proksimigis la paperon al sia okulo kaj legis la jenan:

> "Mia kara Utterson,—Kiam tio ĉi venos en viajn manojn, mi estos malaperinta, en cirkonstancoj, kiujn mi ne havas la

> kapablon antaŭvidi, sed miaj instinktoj kaj ĉiuj cirkonstancoj de mia sennoma situacio al mi diras, ke la fino estas certa kaj devas baldaŭ veni. Iru, do, kaj unue legu la rakonton, kiun Lanyon, laŭ sia averto, estis metonta en viajn manojn; kaj se vi deziros scii ion pli, turnu vin al la konfeso de
>
> "Via malinda kaj malfeliĉa amiko
>
> "Henry Jekyll."

"Ĉu estis tria enfermitaĵo?" demandis Utterson.

"Jen, sinjoro," diris Poole, kaj metis inter liajn manojn sufiĉe grandan paketon sigelitan ĉe diversaj lokoj.

La leĝisto metis ĝin en sian poŝon. "Pri ĉi tiu papero mi konsilus diri nenion. Se via mastro forkuris aŭ mortis, ni povos tamen almenaŭ savi lian reputacion. Estas nun la deka; estas necese, ke mi iru hejmen legi ĉi tiujn dokumentojn en trankvileco; sed mi revenos antaŭ noktomezo kaj tiam ni venigos la policon."

Ili eliris, ŝlosinte post si la pordon de la teatro; kaj Utterson, denove lasinte la servistaron kuniĝintan ĉirkaŭ la fajro en la vestiblo, malrapide reiris al sia oficejo por legi la du rakontojn, per kiuj ĉi tiu mistero estis nun klarigota.

ĈAPITRO IX

LA RAKONTO DE DOKTORO LANYON

La naŭan de januaro, jam antaŭ kvar tagoj, mi ricevis per la vespera liverado rekomenditan leteron, adresitan per la mano de mia kolego kaj malnova lerneja kunulo, Henry Jekyll. Tio multe min surprizis; ĉar ni tute ne kutimis interkorespondi; mi lin vidis, ja kunmanĝis kun li, la antaŭan vesperon; kaj mi povis imagi en nia interrilato nenion, kio povus pravigi la formalaĵon de rekomendo. La enhavo pligrandigis mian miron, ĉar la letero estis jene esprimita:

"9an de januaro, 18—

"Kara Lanyon,—Vi estas unu el miaj plej malnovaj amikoj; kaj kvankam ni de tempo al tempo malkonsentis pri sciencaj aferoj, mi ne povas rememori, almenaŭ miaflanke, ian rompiĝon en nia amo unu al la alia. Neniam estis tago en kiu, se vi estus dirinta al mi: 'Jekyll, mia vivo, mia honoro, mia prudento dependas de vi,' mi ne oferus mian tutan havon aŭ mian maldekstran manon por vin helpi. Lanyon, mia vivo, mia honoro, mia prudento, ĉio estas en viaj manoj; se vi mankos al mi hodiaŭ nokte, mi pereos. Vi povus suspekti, post ĉi tiu antaŭparolo, ke mi estas petonta al vi, cedi ion malhonorigan. Juĝu por vi mem.

"Mi deziras, ke vi prokrastu ĉiujn aliajn rendevuojn por hodiaŭ nokte—eĉ ja se oni vin alvokus al la lito de imperiestro; ke vi prenu veturilon, escepte se via propra kaleŝo estus efektive ĉe la pordo; kaj kun tiu ĉi letero en la mano ⌜por konsultado⌝, ke vi veturadu rekte al mia domo. Poole, mia ĉefservisto, havas siajn ordonojn; vi trovos lin atendantan kun seruristo vian alvenon. Vi devas tiam perforte malfermi la pordon de mia kabineto, kaj vi devas eniri sola; malfermi la vitran ŝrankon (litero E) maldekstre, disrompante la seruron, se ĝi estos ŝlosita; kaj eltiri, *kun ĝia tuta enhavo tia, kia ĝi staras*, la kvaran tirkeston de la supro aŭ (kio estas sama) la trian de la malsupro. En mia ekstrema ⌜mensa⌝ afliktiĝo mi havas malsanecan timon, malĝuste direkti vin; sed, eĉ se mi eraras, vi ekkonos la ĝustan tirkeston laŭ ĝia enhavo: kelkaj pulvoroj, boteleto, kaj papera libro. Tiun ĉi tirkeston mi petas vin reporti kun vi al Cavendish Square ĝuste tian, kia ĝi estas.

"Jen la unua parto de la servo: nun pri la dua. Vi devus reveni, se vi ekiros tuj post kiam vi ricevos tiun ĉi leteron, jam longe antaŭ la noktomezo; sed mi lasos al vi ĝis tiam, ne nur pro timo al unu el tiuj malhelpoj, kiujn oni povas nek forbari nek antaŭvidi, sed ĉar horo, en kiu viaj servistoj estos jam kuŝiĝintaj, estos preferinda por tio, kio tiam restos farota. Je la noktomezo, do, mi petas, ke vi estu sola en via konsultejo, ke vi enlasu en la domon per via propra mano homon, kiu sin prezentos en mia nomo, kaj ke vi metu en liajn manojn la tirkeston, kiun vi estos elportinta el mia kabineto. Tiam vi estos plenuminta vian rolon, kaj elgajninta mian koran dankon. Post kvin minutoj, se vi insistos pri klarigo, vi estos kompreninta, ke ĉi tiuj aranĝoj estas plej ekstreme gravaj; kaj ke, per la neplenumo de eĉ unu el ili, kiel ajn fantaziaj ili ŝajnas, vi povas esti ŝarĝinta vian konsciencon je mia morto aŭ la pereo de mia prudento.

"Kvankam mi fidas, ke vi ne konsideros kiel malseriozan tiun ĉi peton, mia koro malleviĝas kaj mia mano tremas jam ĉe la penso pri ties ebleco. Pripensu pri mi en tiu ĉi horo, en

stranga loko, suferanta sub mallumo de mizero, kiun neniu imago povas trograndigi, kaj tamen bone scianta, ke, se vi nur akurate min servos, miaj ĉagrenoj forruliĝos kiel rakonto dirita. Servu min, mia kara Lanyon, kaj savu

"Vian amikon,

"H. J.

"P.S. Mi jam sigelis ĉi tiun leteron, kiam frapis mian animon alia teruro. Estas eble, ke mankos al mi la poŝto, kaj ke ĉi tiu letero ĝis morgaŭ matene ne estos inter viaj manoj. Tiuokaze, kara Lanyon, plenumu mian komision dum la tago je momento por vi la plej oportuna; kaj atendu je noktomezo la denovan alvenon de mia sendito. Eble, tiam estos tro malfrue; kaj, se tiu nokto pasos sen okazo, vi scios, ke Henry Jekyll vi jam ne revidos plu."

Post la legado de tiu ĉi letero, mi decidis, ke mia kolego estas nepre freneza; sed ĝis tiam, kiam tio estos pruvita preter ĉia ebleco de dubo, mi sentis min devigita plenumi lian peton. Ju malpli mi komprenis tiun ĉi konfuzaĵon, des malpli mi trovis min kapabla juĝi pri ĝia graveco; kaj alvokon tiamaniere esprimitan, mi ne povus malatenti sen grava respondeco. Mi do leviĝis tuj de l' tablo, eniris fiakron kaj veturis rekte al la domo de Jekyll. La servisto atendis mian alvenon; li estis ricevinta per la sama liverado kiel mi, rekomenditan leteron de instrukcio, kaj tuj venigis seruriston kaj ĉarpentiston. Tiuj alvenis jam dum ni parolis; kaj ni iris kune al la ĥirurgia teatro de la iama Doktoro Denman, de kie (kiel vi sendube scias) oni plej oportune eniras en la privatan kabineton de Doktoro Jekyll. La pordo estis tre fortika, kaj la seruro bonega; la ĉarpentisto konfesis, ke li havus malfacilaĵojn kaj devus fari multan difektadon, se perforto estus necesa; kaj la seruristo preskaŭ malesperis. Sed tiu lasta estis lertulo, kaj post duhora laborado, la pordo staris malfermita. La ŝranko markita E estis neŝlosita; kaj mi eltiris la tirkeston, plenigis ĝin je pajlo,

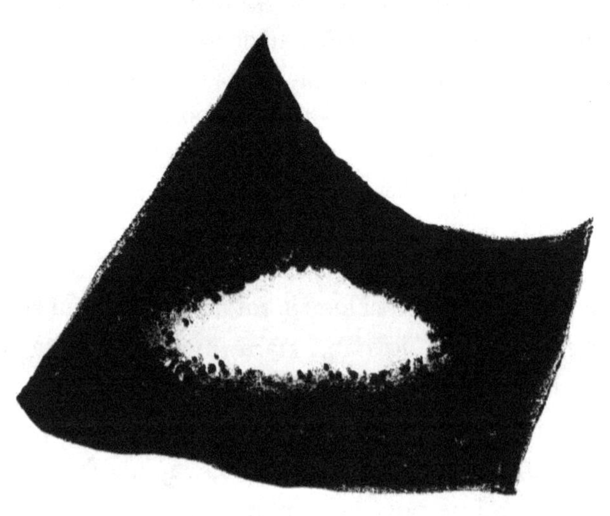

envolvis ĝin en littukon kaj reportis ĝin kun mi al Cavendish Square.

Tie mi esploris ĝian enhavon. La pulvoroj estis sufiĉe nete faritaj, sed ne kun la lerteco de la profesia drogisto; do evidente estis, ke ili estas private faritaj de Doktoro Jekyll; kaj malferminte unu el la kovriloj, mi trovis tion, kio ŝajnis al mi esti simpla kristaleca salo blanka. La botelo, al kiu mi poste turnis la atenton, estis duonplenigita de sangruĝa fluidaĵo tre akra al la flaro, kaj kiu ŝajnis al mi enhavi fosforon kaj ian volatilan eteron. Pri la aliaj ingrediencoj mi ne povis diveni. La libro estis ordinara notlibreto, kaj enhavis malmulton krom serio da datoj. Tiuj kovris periodon de multaj jaroj; sed mi rimarkis, ke la enskriboj ĉesis preskaŭ antaŭ unu jaro kaj tute abrupte. Jen ⌜kaj⌝ jen mallonga noto estis aldonita al dato, plej ofte ne pli ol sola vorto; "duobla" okazis eble sesfoje tra tuto de kelkcento da enskriboj; kaj unufoje ⌜tre frue en la listo kaj sekvate de pluraj ekkriaj signoj,⌝ "tuta malsukceso!!!" ⌜Ĉio ĉi tio, kvankam instigante mian scivolemon, informis min pri nenio certa. Jen boteleto da tinkturaĵo, paperkovrilo da salo, kaj registro pri serio da eksperimentoj, kiuj produktis (kiel tro da esploroj faritaj de Jekyll) nenian praktike uzeblan rezulton.⌝ Nu, kiel povus la ĉeesto de tiuj objektoj en mia domo tuŝi aŭ la honoron, la mensosanecon, aŭ la vivon de mia kaprica amiko? Se lia sendito povus iri al unu loko, kial ne al alia? Kaj eĉ se ja estus efektive ia malhelpo, kial mi devas akcepti tiun sinjoron sekrete? Ju pli mi pripensadis, des pli mi konvinkiĝis, ke mi interrilatas kun kazo de ia cerba malsano; kaj kvankam mi forsendis mian servistaron kuŝiĝi, mi tamen ŝarĝis malnovan revolveron, por ke mi povu eventuale min defendi.

La noktomeza horo apenaŭ sonoris super Londono, kiam iu frapetis mallaŭte sur la pordo. Mi mem iris malfermi, kaj trovis malgrandulon, sin duonapogantan kontraŭ la kolonoj de la portiko.

"Ĉu vi venis de Doktoro Jekyll?" mi demandis.

Li jesis per ĝenita gesto; kaj kiam mi petis lin enveni, li ne obeis sen serĉa rigardeto posten en la mallumon de la placo. Estis policano ne malproksime, alvenanta kun la lumo de sia lanterno malkovrita; kaj ŝajnis al mi, ke ĉe la vido mia vizitanto ektremas kaj plirapidas.

Tiuj detaloj, mi konfesas, ja malagrable min impresis; kaj dum mi sekvis lin en la helan lumon de mia konsultejo, mi tenis mian manon preta sur mia defendilo. Ĉi tie fine mi povis klare lin observi. Mi antaŭe neniam vidis lin, pri tio mi estis certa. Li estis malgranda, kiel mi diris; min frapis, krom tio, la abomeniga esprimo de lia vizaĝo, kun ĝia rimarkinda kombino de granda muskola moviĝemeco kun granda ŝajna malforteco de konstitucio, kaj—laste, sed ne malpleje—la stranga subjektiva maltrankvileco kaŭzata de lia proksimeco. Tiu lasta iom similis ekatakon de frostotremado, kaj estis akompanata de tute rimarkebla malrapidiĝo de la pulso. En la momento mem, mi atribuis tion al ia idiosinkrazia, persona malplaĉo, kaj nur iom miris pri la akuteco de la simptomoj; sed de tiu tempo io iel kredigis al mi, ke la kaŭzo de tio kuŝas multe pli profunde en la homa naturo mem, kaj dependas de io pli nobla, ol la principo de l' malamo.

Tiu persono (kiu tiel, jam de la unua momento de sia alveno, naskis ĉe mi kion mi povas nur nomi naŭzoplena scivolo) estis vestita laŭ maniero, kiu ĉe ordinara persono estus ridinda; t.e. liaj vestoj, kvankam faritaj el riĉa kaj bongusta ŝtofo, estis treege tro grandaj por li laŭ ĉiu mezuro—la pantalono pendis ĉirkaŭ la kruroj kaj estis suprenfaldita por teni ĝin for de la tero, la talio de la redingoto troviĝis sub liaj koksoj, kaj ĝia kolumo vastiĝis larĝe sur liaj ŝultroj. Sed, strange diri, tiu ĉi ridindega vestaĵo tute ne ridigis min. Pli ĝuste ja, tial ke estis io kontraŭnorma kaj monstra en la esenco mem de la estaĵo, kiu nun staris kontraŭ mi—io enkateniganta, surprizanta kaj naŭzanta—ŝajnis, ke tiu ĉi

nova neegaleco nur ĝin konvenis, kaj intensigis; tiel, ke al mia intereso pri la karaktero de tiu homo estis aldonita scivolo pri lia deveno, lia vivo, lia havo kaj rango en la mondo.

Tiuj observoj, kvankam por meti ilin sur paperon bezonis tiel grandan spacon, tamen okupis nur kelkajn momentojn. Mia vizitanto ja brulis pro ia sombra eksciteco.

"Ĉu vi ĝin havas?" li kriegis. "Ĉu vi ĝin havas?" Kaj tiel viva estis lia malpacienco, ke li eĉ la manon metis sur mian brakon kaj volis skui min.

Mi depuŝis lin, konsciante ĉe lia ektuŝo, ian glacian spasmon tra miaj vejnoj. "Atendu, sinjoro," mi diris. "Vi forgesas, ke mi ankoraŭ ne havas la plezuron koni vin. Sidiĝu, mi petas." ⌜Kaj por montri ekzemplon, mi sidiĝis mem en mia kutima seĝo, laŭ tiel bona imito de mia ordinara maniero kun paciento kiel mi povus prezenti, spite la malfrua horo, la naturo de miaj absorbiĝoj, kaj la teruro, kiun mi sentis antaŭ mia vizitanto.⌝

"Pardonu al mi, Doktoro Lanyon," li respondis, sufiĉe ĝentile. "Tio, kion vi diris, estas prava; kaj mia malpacienco nun jam preterpasis mian ĝentilecon. Mi venis ĉi tien laŭ la instigo de via kolego, Doktoro Henry Jekyll, pri afero iome grava; kaj mi sciiĝis..." Li paŭzis kaj levis la manon al la gorĝo kaj mi povis rimarki, malgraŭ lia kvieta mieno, ke li baraktas kontraŭ la alproksimiĝo de la histerio—"Mi sciiĝis, ke tirkesto..."

⌜Sed nun mi ekkompatis la necertecon de mia vizitanto, kaj eble iome mian propran kreskantan scivolemon.⌝

"Jen, sinjoro," mi diris, montrante la tirkeston, kie ĝi kuŝis sur la planko post tablo kaj ankoraŭ kovrita per tuko.

Li eksaltis al ĝi kaj poste haltis kaj metis manon al la koro; mi povis aŭdi, kiel grincas liaj dentoj pro la konvulsia ago de liaj makzeloj; kaj lia vizaĝo fariĝis tiel morte pala, ke mi ektimis pri lia vivo kaj prudento.

"Trankviligu vin," mi diris.

Li turnis al mi terurigan rideton kaj, kvazaŭ kun la decideco de la malespero, forŝiris la tukon. Vidante ĝian enhavon, li aŭdigis unu laŭtan singulton de tiel intensa senpremiĝo, ke mi sidis kiel ŝtonigita. Kaj la momenton poste, per voĉo jam sufiĉe regata: "Ĉu vi havas gradigitan glason?" li demandis.

Mi stariĝis iom sindevige kaj donis al li, kion li petis.

Li dankis min per rideto, mezuris kelke da gutoj de la ruĝa fluidaĵo, kaj alŝutis unu el la pulvoroj. La miksturo, kiu unue havis duberuĝan nuancon, komencis, dum la solviĝado de la kristaloj, plihele koloriĝi, aŭdeble ŝaŭmadi kaj disĵeti fumetojn. Subite, kaj ĉe la sama momento, la kvazaŭbolado ĉesis kaj la miksturo transkoloriĝis en malpalan purpuron, kiu malintensiĝis pli malrapide en palan verdon. Mia vizitanto, kiu observadis tiujn metamorfozojn per vigla okulo, ridetis, starigis la glason sur la tablon, kaj poste sin turnis kaj rigardis min kun serĉa mieno.

"Kaj nun," li diris, "por decidi tion, kio restas. Ĉu vi estos saĝa? Ĉu vi permesos gvidi vin? Ĉu vi permesos, ke mi prenu ĉi tiun glason en mian manon kaj eliru el via domo sen plua parolado? Aŭ ĉu la avideco de l' scivolo tro multe vin regas? Pripensu antaŭ ol respondi, ĉar farata estos, kiel vi decidos. Laŭ via decido, vi restos tiel sama kiel vi antaŭe estis, nek pli riĉa, nek pli saĝa, escepte se la sento pri servo farita al homo en morta danĝero povas esti konsiderita ia riĉeco de l' animo. Aŭ, se vi preferos elekti novan regionon de la scio kaj novajn vojojn al la renomo, la potenco por tio estos malkaŝita al vi ĉi tie, en ĉi tiu ĉambro, tuj kaj senprokraste kaj plenumiĝos antaŭ via rigardo tia miregindaĵo, kia ŝancelus la nekredemon de Satano."

"Sinjoro," mi diris, ŝajnigante indiferentecon, kiun mi vere tute ne havis, "vi parolas per enigmoj, kaj vi eble ne miros, ke mi vin aŭskultas ja sen tre forta impreso de kredo. Sed mi jam iris tro malproksimen sur la vojo de neklarigeblaj servoj, por halti antaŭ ol vidi ĝian finon."

"Estas bone," respondis mia vizitanto. "Lanyon, vi memoras viajn ĵurojn; kio sekvos, tio estos sub la sigelo de nia profesio. Kaj nun, vi kiu jam de tiel longe estas ligita al la plej mallarĝaj kaj materialismaj ideoj, vi kiu neis la efikecon de la transcenda medicino, vi kiu mokis viajn superulojn—rigardu!"

Li almetis la glason al siaj lipoj, kaj eltrinkis per unu engluto. Sekvis krio; li balanciĝis, ŝanceliĝis, ekkaptis la tablon kaj tenegis, rigardegante kun sangiĝintaj okuloj, spiregante el malfermita buŝo; kaj dum mi rigardis, venas, mi pensis, ŝanĝo—li ŝajnis ŝveli—lia vizaĝo subite nigriĝis kaj la trajtoj ŝajnis fandiĝi kaj aliiĝi—kaj momenton poste mi eksaltegis sur miajn piedojn kaj malantaŭen ĝis la muro, kun la brako levita por min ŝirmi kontraŭ tiu miregindaĵo, kun la menso premegata de teruro.

"Dio!" mi kriegis, kaj "Dio!" ree kaj ree; ĉar tie antaŭ miaj okuloj—pala kaj skuita, kaj duonsvenanta, kaj palpserĉanta antaŭ si per la manoj kvazaŭ homo reveninta el la morto—tie staris Henry Jekyll!

Tion, kion li diris al mi dum la sekvanta horo, mi ne povas decidiĝi meti skribe sur paperon. Mi vidis tion, kion mi vidis, mi aŭdis tion, kion mi aŭdis, kaj ĝi naŭzis mian animon; kaj, tamen, nun kiam tiu vidaĵo jam malaperis de miaj okuloj, mi al mi demandas, ĉu mi ĝin kredas? kaj mi ne povas respondi. Mia vivo estas skuita ĝis la radikoj; la dormo forlasis min; la plej mortiga teruro kunsidas kun mi je ĉiuj horoj de la tago kaj nokto; mi sentas, ke miaj tagoj estas kalkulitaj, ke mi devos morti; kaj, tamen, mi mortos nekredanta. Kaj la morala malnobleco, kiun tiu viro eĉ kun larmoj de la pento senvualigis al mi, tion mi ne povas, eĉ en mia memoro pripensi, sen eksalto de teruro. Nur mi diros, Utterson, kaj tio (se vi povos vin devigi kredi ĝin) jam pli ol sufiĉos. La estaĵo, kiu tiun nokton englitis en mian domon, estis, laŭ la konfeso

de Jekyll mem, konata sub la nomo Hyde kaj serĉata en ĉiuj anguloj de la lando kiel la mortiginto de Carew.

HASTIE[18] LANYON

ĈAPITRO X

LA PLENA DEKLARO PRI LA AFERO: SKRIBITA DE HENRY JEKYLL

Mi naskiĝis en la jaro 18—, heredonto de granda riĉeco, naturdotita plie per bonegaj talentoj, inklina laŭ karaktero al la laboremo, amanta la estimon de la saĝuloj kaj bonuloj inter miaj kunhomoj, kaj, tial, kion oni povus supozi, kun ĉia garantio por honoroplena kaj distingata estonteco. La plej malbona el miaj kulpoj, efektive, estis ia malpacienca gajeco de temperamento, tia, kia ĉe multaj faris la feliĉecon, sed kian mi trovis malfacile akordigebla kun mia ĉiondeviga deziro tenadi alte la kapon kaj elmontradi pli ol ordinare gravan vizaĝon antaŭ la publiko. Okazis el tio, ke mi kaŝis miajn plezurojn; kaj ke, atinginte la aĝon de l' pripensado kaj komencinte ĉirkaŭrigardi kaj konsideri mian progreson kaj lokon en la mondo, mi jam staris kompromitita en profunde trompa maniero de vivo. Multaj homoj eĉ fanfaronegus tiajn neregulaĵojn, pri kiaj mi estis kulpa; sed pro la altaj celoj, kiujn mi al mi antaŭmetis, mi rigardis kaj kaŝis ilin kun sento de honto preskaŭ malsaneca. Estis do pli la postulema naturo de miaj aspiroj, ol ia speciala malnobleco de miaj kulpoj, kiu faris min tio, kio mi estis, kaj per fosaĵo eĉ pli profunda ol ĉe la

plejmulto, disigis en mi tiujn regionojn de la bono kaj malbono, kiuj dividas kaj kompletigas la duoblan naturon de la homo. ⌜En tiu ĉi rilato, mi estis devigata pripensi profunde kaj persiste pri tiu severa leĝo de l' vivo, kiu kuŝas ĉe la radiko de la religio kaj estas unu el la plej abundaj fontoj de mizero.⌝ Kvankam mi estis tiel profunde duoblaganto, mi neniel estis hipokritulo; miaj ambaŭ flankoj estis tute seriozaj; mi ne estis pli mi mem, kiam mi forlasis la sindetenadon kaj ĵetis min en la honton, ol kiam mi laboradis malkaŝe pri la disvastigo de la scio, aŭ pri la forigo de l' doloro kaj la sufero. Kaj hazarde okazis, ke la direkto de miaj sciencaj studoj, kiuj kondukis tute al la mistikismo kaj al la transcendismo, reagis kaj forte lumigis sur ĉi tiun konscion pri la ĉiama batalado inter miaj membroj. Kun ĉiu tago, kaj de ambaŭ flankoj de mia inteligento, la morala kaj la intelekta, mi tiel alproksimiĝis konstante al tiu vero, per kies parta eltrovo mi estas kondamnita al tia terura pereo, nome: la vero, ke la homo efektive ne estas unu, sed du. ⌜Mi diras du, ĉar la stato de mia propra scio ne pasas preter tiun punkton. Aliaj sekvos, aliaj preterkuros min laŭ la samaj penslinioj; kaj mi riskas la konjekton, ke la homo estos finfine konata kiel nura societo de multspecaj, nekongruaj, kaj sendependaj loĝantoj. Miaflanke, pro la naturo de mia vivo mi progresis neeviteble en unu direkto kaj en tiu direkto sole.⌝ Estis ĉe la morala flanko, kaj en mia propra persono, ke mi lernis konstati la entutan kaj primitivan duecon de la homo; mi eksentis pri la du naturoj, kiuj konkuradis en la kampo de mia konscienco, ke eĉ se oni povus prave eldiri, ke mi estas unu aŭ la alia, tio estas nur tial, ke mi estis radike ambaŭ; kaj jam frue en mia vivo, eĉ antaŭ ol la direkto de miaj sciencaj eltrovoj komencis inspiri la plej nudan eblecon de tia miraklo, mi kutimiĝis pensadi kun plezuro, kiel en amata revo, pri la disigo de tiuj elementoj. Se nur ĉiu, mi diris al mi, povus esti loĝigita en apartan identaĵon, tiam de la vivo estus forprenita ĉio, kio estis

neelportebla; la maljustulo povus iri laŭ sia vojo, liberigite de la aspiroj kaj riproĉado de sia pli pia ĝemelo; kaj la justulo povus iri konstante kaj sendanĝere sur sia vojo supren, farante bonaĵojn, en kiuj troviĝas lia plezuro, kaj jam ne plu elmetata kontraŭ la malhonoro kaj la pentofarado pro ĉi tiu ekstera malbono. Por la homaro estas ja malbeno, ke tiuj reciproke maltaŭgaj faskeroj estis tiel kunligitaj—ke en la dolorplena ventro de l' konscio, ĉi tiuj polusaj ĝemeloj senĉese interbatalas. Kiel do ilin disigi?

Ĝis tie atingis miaj pripensadoj, kiam, kiel mi jam diris, la misteron komencis klarigi flanka lumo de la tablo laboratoria. Mi komencis elsenti, pli profunde ol ĝis nun estis dirite, la tremantan nemateriecon, la nebulsimilan ŝanĝiĝemecon de ĉi tiu ŝajne fortika korpo, en kiu ni marŝas vestitaj. Mi konstatis, ke kelkaj ĥemiaj agentoj havas la kapablon, skui kaj malantaŭentiri tiun karnan vestaĵon, tutsame kiel vento povus skui la kurtenojn de pavilono. Pro du bonaj kialoj, mi ne skribos detale pri tiu ĉi scienca fako de mia konfeso. Unue, ĉar mi estas devigita lerni, ke la fatalo aŭ ŝarĝo de nia vivo estas alkatenita por ĉiam al la ŝultroj de l' homaro, kaj kiam oni provas ĝin forĵeti, ĝi nur revenas al ni kun eĉ pli da nekonata kaj terura premado. Due, ĉar kiel mia historio—ho ve!—tro evidentigos, miaj eltrovaĵoj estis nekompletaj. Sufiĉe do, ke mi ne nur rekonis mian naturan korpon kiel la nuran aŭron kaj radilumon de kelkaj el la potencoj el kiuj konsistis mia spirito, sed ankaŭ sukcesis kunmeti drogon per kiu tiuj potencoj povus esti detronigitaj de ilia supereco, kaj per kiu dua formo kaj vizaĝo povus esti anstataŭigitaj, neniel malpli naturaj al mi, pro tio ke ili estis la esprimo de pli malnoblaj elementoj de mia animo.

Mi hezitis longe antaŭ ol provi praktike tiun ĉi teorion. Mi bone sciis, ke mi riskas morti; pro tio, ke iu drogo, kiu tiel potence regis kaj skuis la citadelon mem de la individueco, povus, per la plej eta parto de superdozo aŭ la plej malmulta

maloportuneco pri la momento de elmontro, tute forviŝi tiun nematerian loĝejon, kies ŝanĝon per ĝia efiko mi atendis. Sed la tento al eltrovo tiel eksterordinara kaj profunda, fine venkis la sugestiojn de la timo. Mi jam antaŭlonge pretigis mian tinkturaĵon; mi tuj aĉetis, de firmo de ⌜pograndaj⌝ apotekistoj, grandan kvanton de iu speciala salo, kiun mi sciis per miaj eksperimentoj esti la lasta ingredienco bezonata; kaj malfrue en unu malbenita nokto, mi kunmetis la elementojn, rigardis ilin boli kaj fumi kune en la glaso, kaj kiam la agitiĝo ĉesis, kun forta ardo de kuraĝo mi eltrinkis la miksturon.

Sekvis doloregoj plej turmentaj: grincado de la ostoj, mortiga naŭzo, kaj teruro de spirito, ne malpli intensa, ol tiu sentebla en horo de l' naskiĝo aŭ de l' morto. Poste, tiuj agonioj rapide ekkvietiĝis, kaj mi rekonsciiĝis kvazaŭ el granda malsano. Estis io stranga en miaj sentoj, io nepriskribeble nova, kaj, pro ĝia noveco, nekredeble dolĉa. Mi sentis min pli juna, pli malpeza, pli feliĉa en mia korpo; interne mi konsciis pri iu kapturnanta senzorgeco, pri fluado de malordaj voluptemaj imagoj, kurantaj kiel muelilfluo tra mia fantazio, pri disiĝo de la ligiloj de l' devo, pri nekonata sed ne senkulpa animolibereco. Mi sciis, kun la unua enspiro de tiu ĉi nova vivo, ke mi estas pli malvirta, dekoble pli malnobla, ke mi vendiĝis kiel sklavo al mia originala malbono; kaj la penso, en tiu momento, stimulis kaj gajigis min kiel vino. Mi etendis la manojn, ĝojegante en la noveco de tiuj sentoj; kaj ĉe tio, mi subite eksciis, ke mia staturo iom malgrandiĝis.

En tiu tempo ne estis spegulo en mia ĉambro; tiu, kiu staras apud mi dum mi nun skribas, estis tien portita poste, kaj por la celo mem de tiuj aliformiĝoj. La nokto, tamen, jam preskaŭ tagiĝis⌜—la mateno, kvankam ankoraŭ nigrega, estis rapide maturiĝanta al nasko de l' tagon—⌝la loĝantoj de mia domo kuŝadis plej profunde dormantaj; kaj mi decidis, ekscitita kiel mi estis de espero kaj triumfo, riski iri sub mia nova formo al

mia dormoĉambro. Mi transiris la korton, ⸢en kiu la stelaroj rigardis malsupren sur min, mi povis imagi, kun mirego, la unuan estaĵon tiaspecan, kian ilia maldorma gardado ĝis tiam al ili malkaŝis;⸣ mi glitis tra la koridorojn, kiel fremdulo en mia propra domo, kaj alveninte en mian ĉambron, mi vidis, la unuan fojon, la aspekton de Edward Hyde.

Mi devas paroli ĉi tie sole teorie, ne dirante tion, kion mi scias, sed tion, kion mi supozas la plej verŝajna. La malbona parto de mia naturo⸢, al kiu mi nun estis transdoninta la korpoformantan efikecon,⸣ estis malpli fortika, malpli disvolvita, ol la bona, kiun mi ĵus eksigis. Plie, en la daŭro de mia vivo, kiu estis estinta, malgraŭ ĉio, naŭ-dekone vivo de l' penado, de l' virto kaj de l' memregado, la malbona parto estis multe malpli ekzercita kaj eluzita. Kaj tial okazis, mi pensas, ke Edward Hyde estis tiom pli malgranda, pli maldika, pli juna ol Henry Jekyll. Kiel la bono ekbrilis el la vizaĝo de unu, tiel same la malbono estis skribita larĝe kaj klare sur tiu de la alia. Plie, la malbono ⸢(kiun mi ankoraŭ devas kredi esti la mortiga flanko de l' homaro)⸣ lasis sur tiu korpo la stampon de kripleco kaj kadukeco. Kaj tamen, kiam mi rigardis tiun malbelan idolon en la spegulo, mi konsciis nenian antipation, kontraŭe, mi sentis ja eksalton de bonveno. Ĉi tio, ankaŭ, estis mi. Ĝi ŝajnis natura kaj homa. Laŭ miaj okuloj, ĝi portis pli vivan bildon de l' spirito, ĝi ŝajnis pli difinita kaj unuobla, ol la neperfekta kaj dividita vizaĝo, kiun mi ĝis nun kutimis nomi la mia. Kaj ĝis tiu punkto mi estis sendube prava. Mi rimarkis ke, kiam mi portis la ŝajnon de Edward Hyde, neniu povis alproksimiĝi al mi sen videbla antipatio de l' karno. Ĉi tio, laŭ mia opinio, estis tial, ke ĉiuj homoj, kiel ni renkontas ilin, estas kunmiksitaj el la bono kaj la malbono, kaj, Edward Hyde, sola, en la vicoj de l' homaro, estis pura malbono.

Nur momenton mi restis antaŭ la spegulo: mi devis ankoraŭ provi la duan kaj decidigan eksperimenton; restis ankoraŭ

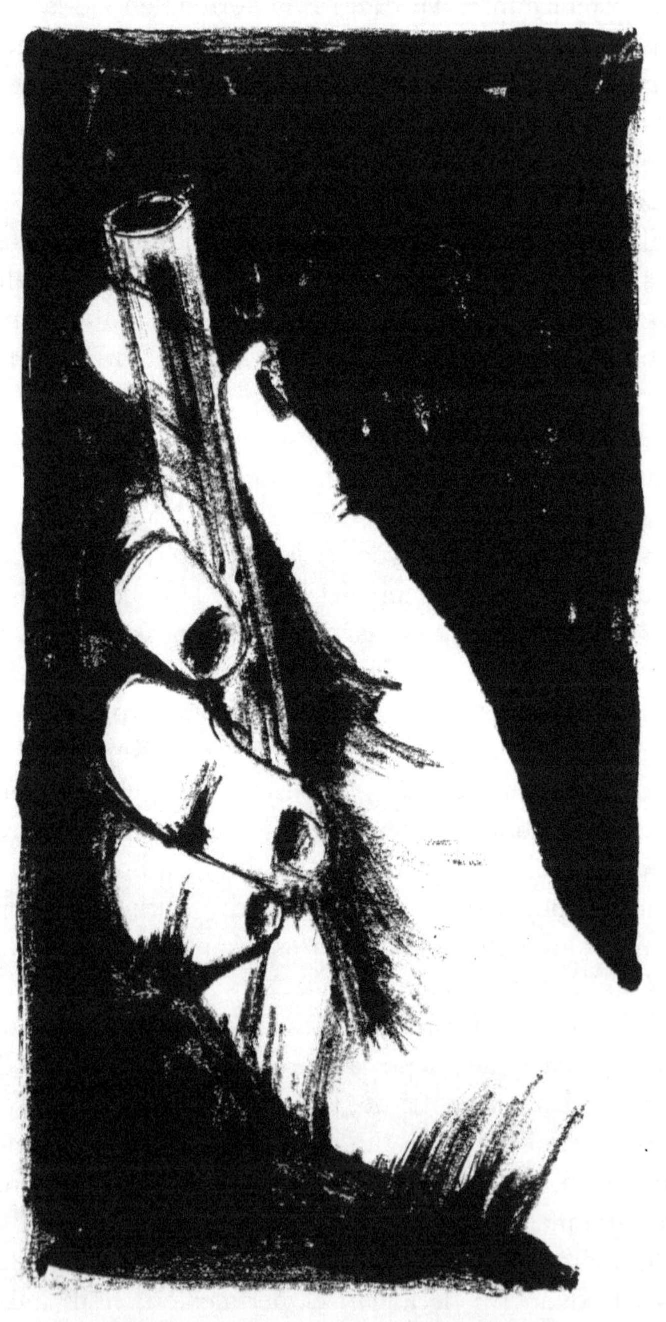

konstati, ĉu mi perdis nereprenebla mian individuecon, kaj devos antaŭ la tagiĝo forkuri el domo jam ne plu mia; kaj, rapidante returnen al mia kabineto, mi denove pretigis kaj trinkis la miksturon, denove suferis la turmentegojn de tiu kvazaŭmorto kaj rekonsciiĝis denove kun la karaktero, la staturo, kaj la vizaĝo de Henry Jekyll.

En tiu nokto mi estis atinginta la fatalan kruciĝon de l' vojoj. Se mi estus alproksimiĝinta al mia eltrovaĵo laŭ pli nobla spirito, se mi estus riskinta mian eksperimenton dum mi estis sub la influo de malavaraj aŭ piaj aspiroj, ĉio estus alie, kaj, el tiuj agonioj de l' morto kaj naskiĝo, mi estus elirinta anĝelo anstataŭ diablo. La drogo povis neniel distingi, nek diabla nek dia ĝi estis; ĝi nur skuis la pordojn de l' malliberejo de mia temperamento, kaj, kiel ĉe la kaptitoj en Philippi, elkuris tio, kio interne staris. En tiu tempo mia virto dormetis; mia malvirto, vekita de l' ambicio, kaptis vigle kaj rapide la okazon, kaj la rezultinta elĵetaĵo estis Edward Hyde. Tial, kvankam mi nun havis du karakterojn, kaj ankaŭ du mienojn, unu estis tute malbona, kaj la alia estis ankoraŭ la malnova Henry Jekyll, tiu malharmonia kombinaĵo pri kies virtigo kaj plibonigo mi jam lernis malesperi. La ŝanĝo do estis tute al la pli malbona flanko.

Eĉ en tiu tempo, mi ankoraŭ ne tute venkis mian antipation kontraŭ la tedeco de vivo de studado. Mi ankoraŭ foje havis inklinon al gajeco; kaj, pro tio, ke miaj plezuroj estis (je l' plej indulga nomo) ne tro dignoplenaj, kaj ĉar mi ne nur estis bone konata kaj honore estimata, sed ankaŭ fariĝis maljunulo, ĉi tiu nekonsekvenceco de mia vivo fariĝis por mi ĉiutage pli ĝena. Estis je tiu ĉi flanko, ke mia nova potenco tentis min ĝis sklaviĝo. Necesis nur trinki la miksaĵon, por tuj demeti la korpon de l' fama profesoro, kaj surmeti, kiel densan mantelon, tiun de Edward Hyde. Mi ridetis pro la ideo; ĝi ŝajnis al mi, tiutempe, humoraĵo, kaj mi faris miajn pretigojn kun la plej granda zorgo. Mi luis kaj meblis tiun domon en

Soho, al kiu Hyde estis postsigne sekvota de la polico; mi dungis, kiel dommastrinon, virinon, kiun mi bone sciis silenta kaj senskrupula. Aliflanke mi sciigis al mia servistaro, ke iu Sinjoro Hyde (kiun mi priskribis) devos havi plenan liberecon kaj aŭtoritaton en mia domo sur la placo; kaj por ŝirmi min kontraŭ eventualaj akcidentoj, mi eĉ faris tie vizitojn kaj igis min bone konata persono en mia dua rolo. Poste mi faris tiun testamenton, kiun vi tiom multe kontraŭparolis; por ke, se io okazus al mi en la persono de Doktoro Jekyll, mi povu transiri en tiun de Edward Hyde sen mona perdo. Kaj tiel ĉirkaŭita de remparoj, kiel mi supozis, sur ĉiu flanko, mi komencis profiti la strangan imunecon de mia situacio.

Jam okazis, ke homoj dungis bravulaĉojn por fari iliajn krimojn, dum ilia propra persono kaj reputacio sidis ŝirmate. Mi estis la unua, kiu tion faris por propra plezuro. Mi estis la unua, kiu povis tiel klopodi antaŭ la publika okulo kun ŝarĝo de afabla respektindeco, kaj jen, en la daŭro de momento, kiel ia lerneja bubo deŝiri tiujn pruntaĵojn kaj salti kapon antaŭe en la maron de l' libereco. Sed por mi, en mia netravidebla mantelo, la sendanĝereco estis absoluta. Pensu pri tio—mi eĉ ne ekzistis! Nur permesu al mi trakuri en mian laboratorion, donu al mi nur du-tri sekundojn por miksi kaj gluti la trinkaĵon, kiu staris ĉiam preta; kaj Edward Hyde, senkonsidere kion ajn li estus farinta, forpasus kiel spirnebuleto sur spegulo; kaj jen, anstataŭ li, kviete en sia hejmo, pretigante la noktomezan lampon en sia studejo, homo, kiu povis senriske ridi je l' suspekto, troviĝus Henry Jekyll.

La plezuroj, kiujn mi rapidis serĉi sub mia alikorpaĵo, estis, kiel mi jam diris, maldecaj; ⌜ili apenaŭ meritis pli severan vorton.⌝ Sed, en la manoj de Edward Hyde, ili baldaŭ ekfariĝis monstraj. Reveninte de tiuj ekskursoj, mi ofte profundiĝis en ia mirado pri mia alikorpa malnobleco. Tiu demono familiara, kiun mi elvokis el mia propra animo, kaj

forsendis solan por plenumi sian bonan plezuron, estis estaĵo esence malica kaj kanajla; kun ĉiu lia ago kaj penso centrita en si mem; kun besta avideco drinkanta la plezuron el kia ajn grado de turmento ⌜al aliaj⌝; tiel neŝancelebla, kiel homo el ŝtono. Henry Jekyll foje staris konsternegita antaŭ la agoj de Edward Hyde; sed la situacio estis ekster la kampo de ordinaraj leĝoj, kaj inside malpezigis la premon de la konscienco. Estis ja Hyde, kaj Hyde sola, kiu estis kulpa. Jekyll mem ne estis pli malbona; li revekiĝis al siaj bonaj ecoj ŝajne nedifektita; li eĉ kutimis, kiam tio estis ebla, rapidi por malfari la malbonon faritan de Hyde. Kaj tiel lia konscienco dormetadis.

Pri la detaloj de la malgloro, al kiu mi tiel kunkonsentis (ĉar eĉ nun mi ne povas konfesi, ke mi ĝin faris) mi ne intencas priparoli; mi volas nur montri la avertojn kaj la sinsekvajn paŝojn, per kiuj alproksimiĝis mia puno. Unu malfeliĉo okazis, kiun, pro tio, ke ĝi ne havis sekvon, mi nur aludetos. Kruelega ago kontraŭ infanino vekis kontraŭ min la koleron de preteriranto, kiun mi rekonis antaŭ kelkaj tagoj kiel vian parencon; kuracisto kaj la familio de la infanino kuniĝis kun li; estis momentoj, kiam mi timis pri mia vivo, kaj fine, por kontentigi ilian tro justan koleron, Edward Hyde devis alkonduki ilin al la pordo de Henry Jekyll kaj pagi ilin per ĉeko subskribita per lia nomo. Sed tiu ĉi danĝero estis facile forigita el la estonteco, per la transmeto en alian bankon de monsumo sub la nomo de Edward Hyde mem; kaj kiam, malantaŭen klinante mian skribmanieron, mi provizis subskribon al mia duulo, mi pensis, ke mi sidas jam ekster la atingo de la fatalo.

Preskaŭ du monatoj antaŭ la mortigo de Sir Danvers, forestinte el la hejmo por unu el miaj aventuroj, de kiu mi revenis je malfrua horo, mi vekiĝis la sekvintan tagon en lito kun sentoj iom strangaj. Vane mi ĉirkaŭrigardis; vane mi vidis la decan meblaron kaj grandan amplekson de la ĉambro en

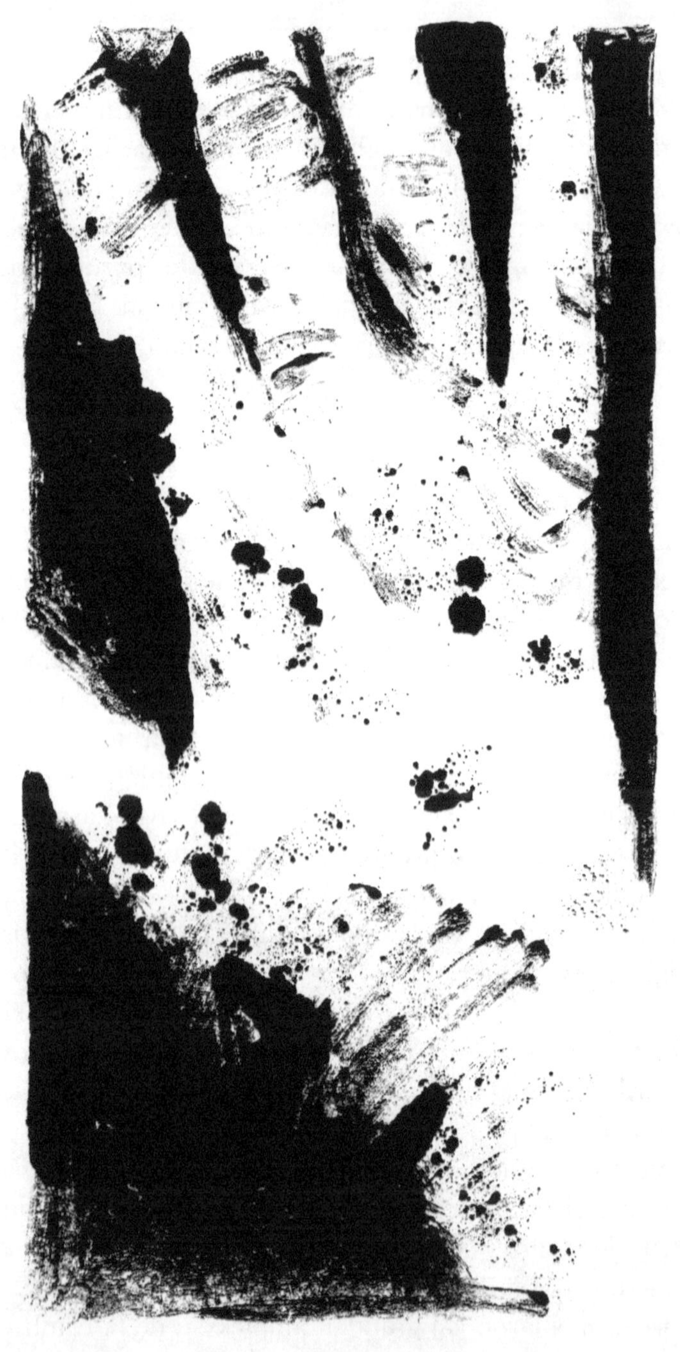

mia domo sur la placo; vane mi rekonis la desegnaĵon de la litkurtenoj ⌜kaj la formaĵon de la mahagona litkadro⌝; io ankoraŭ insistadis, ke mi ne estas tie, kie mi estas, ke mi ne vekiĝis tie, kie mi ŝajnas esti, sed en la ĉambreto en Soho, en kiu mi kutimis dormi en la korpo de Edward Hyde. Mi ridetis kaj, laŭ mia psikologia maniero, komencis mallaboreme esplori la elementojn de ĉi tiu iluzio, iafoje refalante dume en komfortan matenan dormeton. Mi estis ankoraŭ tiel okupata kiam, dum unu el miaj pli sendormaj momentoj, mia rigardo ektrafis mian manon. Nu, la mano de Henry Jekyll ⌜(kiel vi estas ofte rimarkiginta)⌝ estis profesia laŭ formo kaj grandeco: granda, firma, blanka kaj de agrabla aspekto. Sed la mano, kiun mi nun rigardadis, sufiĉe klare en la flava lumo de Londona mateno, kuŝantan duonfermitan sur la littukoj, estis malgrasa, tendena, osta, sombre pala kaj dense kovrita de nigra kresko da haroj. Ĝi estis la mano de Edward Hyde.

Mi eble rigardis ĝin dum preskaŭ duona minuto, ⌜profundiĝinte en la simpla stulteco de mirego,⌝ antaŭ ol la teruro vekiĝis en mia brusto tiel subite kaj tremige kiel la ekbruego de cimbaloj, kaj eksaltegante el la lito, mi kuregis al la spegulo. Ĉe la vidaĵo, kiun renkontis miaj okuloj, mia sango ŝanĝiĝis en ion treege maldensan kaj glacian. Jes, mi kuŝiĝis Henry Jekyll, kaj vekiĝis Edward Hyde. Kiel klarigi tion? mi al mi demandis, kaj poste, kun alia eksaltego de teruro—kiel ripari tion? Estis malfrue en la mateno; la servistaro jam leviĝis; ĉiuj miaj drogoj estis en la kabineto—longa irado estis ja malsupren sur du ŝtuparoj, tra la posta irejo, trans la korton kaj tra la anatomia teatro, de tie, kie mi tiam staris terurita. Mi ja povus eble kovri mian vizaĝon, sed kion tio helpos, se mi ne povos kaŝi la aliformiĝon de mia staturo? Kaj tiam kun trasentata dolĉeco de senpremiĝo mi memoris, ke mia servistaro jam kutimis la venadon kaj reiradon de mia duulo. Jen baldaŭ mi vestis min, kiel eble plej bone, per vestoj konvenaj al mia amplekso: baldaŭ pasis tra la domo, kie

Bradshaw min rigardegis kaj retiriĝis pro tio, ke li vidas Sinjoron Hyde je tia horo kaj en tia stranga vestaĵo; kaj, post dek minutoj, jen Doktoro Jekyll reeniris sian propran formon kaj sidiĝis kun malheliĝinta frunto, por ŝajnigi matenmanĝon.

Malgranda ja estis mia apetito. Ĉi tiu neklarigebla okazaĵo, ĉi tiu renversiĝo de mia antaŭa spertado, ŝajnis, kiel la Babilona fingro sur la muro, elskribi la literojn de mia kondamniĝo; kaj mi komencis, pli serioze ol iam, pripensi la rezultatojn kaj eblecojn de mia duobla ekzistado. Tiu parto de mi, kiun mi havis la povon projekcii, en la lasta tempo multe ekzerciĝadis kaj nutriĝis; al mi en la lastaj tagoj ŝajnis kvazaŭ la korpo de Edward Hyde pligrandiĝas, kvazaŭ (kiam mi portadis tiun formon) mi konscias pli riĉan fluon de sango; kaj mi komencis ekvidi danĝeron ke, se ĉi tio estos multe daŭrigata, la ekvilibro de mia naturo povos esti por ĉiam renversita, ke la kapablo de laŭvola ŝanĝiĝo povos esti perdita, kaj la karaktero de Edward Hyde fariĝos nerevokeble mia. La potenco de la drogo ne ĉiam montriĝis egala. Unu fojon, tre frue en mia karerio, ĝi restis tute senefika; de tiu tempo je pli ol unu okazo, mi estis devigita duobligi, kaj unufoje, kun granda risko de morto, triobligi la kvanton; kaj tiu malofta necerteco ĵetis ĝis nun la solan ombron sur mian kontentecon. Nun, tamen, pro la okazo de tiu mateno, mi estis devigata konstati, ke dum komence la malfacilaĵo estis, deĵeti la korpon de Jekyll, lastatempe ĝi laŭgrade sed decide translokiĝis al la alia flanko. Ĉio do ŝajnis montri al la jena konkludo; ke mi malrapide perdas mian unuan kaj plibonan memon, kaj iom post iom enkorpiĝas en mian duan kaj pli malbonan.

Inter tiuj du, mi komprenis, mi jam devas elekti. Miaj du naturoj havis la komunan memoron, sed ĉiujn aliajn fakultojn plej neegale posedis inter si. Jekyll (kiu estis kunmetaĵo) jen kun la plej akraj timoj, jen kun avida gustaĉo projektis kaj partoprenis la plezurojn kaj aventurojn de Hyde: sed Hyde estis indiferenta pri Jekyll, aŭ nur memoris lin kiel la monta

bandito memoras la kavernon, en kiu li sin kaŝas kontraŭ la persekutado. Jekyll sentis pli ol patran intereson; Hyde sentis pli ol filan indiferentecon. Kunligi mian sorton kun tiu de Jekyll, estus morti rilate al tiuj apetitoj, al kiuj mi de longatempe ⌜sekrete⌝ cedis kaj kiujn mi jam de kelka tempo dorlotis. Kunligi ĝin kun Hyde, estus morti pri mil interesoj kaj aspiroj kaj fariĝi⌜, per unu bato kaj⌝ por ĉiam, malestimata kaj senamika. La marĉando povus ŝajni neegala, sed estis ankoraŭ alia afero kunpesinda; ĉar, dum Jekyll turmente suferadus en la fajroj de la abstinenco, Hyde eĉ ne konscius, kion li perdis. Kvankam strangaj estis miaj cirkonstancoj, la kondiĉoj de tiu ĉi interbatalo estas tiel malnovaj kaj banalaj, kiel la homo mem; efektive la samaj allogoj kaj timoj ĵetas la ludkubon por kiu ajn tentata kaj tremanta pekulo, kaj okazis ĉe mi, kiel okazas ĉe la plej granda nombro de miaj similuloj, ke mi elektis la pli bonan parton, kaj poste mankis al mi la forto plenumi mian elekton.

Jes, mi preferis la maljunan kaj malkontentan doktoron, ĉirkaŭitan de amikoj kaj tenantan honestajn esperojn; kaj mi diris decidan adiaŭon al la libereco, al la rilata juneco, al la facila paŝo, saltanta pulso kaj sekretaj plezuroj, kiujn mi ĝuis en la alivesto de Hyde. Tiun ĉi elekton mi faris eble kun ia senkonscia rezervo, ĉar mi nek forlasis la Soho-an domon, nek detruis la vestojn de Edward Hyde, kiuj ankoraŭ kuŝis pretaj en mia kabineto. Dum du monatoj, tamen, mi restis fidela al mia decido; dum du monatoj mi vivis laŭ tia severmoreco, al kia mi neniam antaŭe atingis, kaj ĝuis la kompensojn de aprobanta konscienco. Sed kun pasado de tempo fine foriĝis la freŝeco de mia timo; la laŭdoj de mia konscienco ekfariĝis kutimo; min ekturmentegis afliktiĝoj kaj sopiroj, kvazaŭ Hyde baraktus por la liberiĝo, kaj, fine, en horo de morala malforteco, mi denove kunmetis kaj englutis la aliformigan trinkaĵon.

⌜Mi ne supozas, ke kiam ebriulo rezonas kun si pri sia malvirto, li pli ol unu fojon el kvincent estas tuŝita de la danĝeroj, kiujn li riskas pro sia bruta, korpa indiferenteco; ankaŭ mi, malgraŭ longa pensado pri mia pozicio, ne sufiĉe konsideris la tutan moralan indiferentecon kaj senpripenseman pretecon por malbono, kiuj estis la ĉefaj karakteraĵoj de Edward Hyde. Tamen estis per tiuj, ke mi estis punita.⌝ Mia diablo estis tenita longatempe en kaĝo, kaj li liberiĝis furiozega. Mi sentis, eĉ jam dum mi trinkis la miksturon, pli senbridan, pli furiozan emon al la malbono. Mi supozas, ke sendube estis tio, kio vekis en mia animo tiun ventegon de senpacienco, kun kiu mi aŭskultis la ĝentilaĵojn de mia malfeliĉa viktimo; almenaŭ mi deklaras antaŭ Dio, ke neniu homo morale sana povus esti kulpa pri tia krimo pro tiel bagatela incito, kaj ke mi frapis en humoro ne pli racia ol tiu, en kiu malsana infano rompus ludilon. ⌜Sed mi memvole estis senigita je ĉiuj tiuj ekvilibrigantaj instinktoj, per kiuj eĉ la plej malbonaj el ni iradas kun ia grado de firmeco inter tentoj; kaj en mia kazo, esti tentata, eĉ se nur iomete, estis fali.⌝

Tuj la spirito de la infero vekiĝis en mi, kaj furiozis. Kun paroksismo de ĝojo mi disbategis la pasivan korpon, gustumante ĝojegon ĉe ĉiu bato; kaj nur kiam la laceco komencis sekvi, subite dum la plej alta punkto de mia deliro, trapikegis mian koron malvarma spasmo de teruro. Disiĝis nebulo; mi ekvidis, ke mi metas mian vivon en danĝeron; kaj mi forkuregis de la sceno de tiuj ekscesoj, fieriĝante eĉ dum mi tremas, kun mia avideco por la malbono kontentigita kaj stimulita, kaj mia amo al la vivo altigita ĝis la plej ekstrema grado. Mi kuregis al la domo en Soho, kaj ⌜(por duoble garantii certecon)⌝ detruis miajn paperojn; de tie mi ekiris tra la lanternolumitajn stratojn, en la sama dividita ekstazo de spirito, ĝojegante pri mia krimo, gajkore projektante aliajn por la estonteco, kaj tamen, ankoraŭ rapidirante kaj aŭskultante, ĉu sekvas min la paŝoj de la venĝanto. Hyde

The
TERURA
MORTIGO

havis kanton sur la lipoj dum li kunmetis la miksturon, kaj trinkante ĝin li toastis la mortinton. Apenaŭ la agonio de la transformiĝo ĉesis disŝiri lin, jam Henry Jekyll, kun fluantaj larmoj de dankemeco kaj memriproĉo, falis genuen kaj levis la kunplektitajn manojn al Dio. La vualo de la memindulgo estis disŝirita de supre ĝis malsupre, kaj mi vidis mian vivon kiel tuton: mi sekvis ĝin de la tagoj de mia infaneco kiam mi iris manon ĉe mano, kun mia patro, tra la memoferemaj penadoj de mia profesia vivo, por alveni, foje kaj ree, kun la sama sento de nerealeco, ĉe la malbenitaj teruraĵoj de la vespero. Mi volis kriegi; mi penis kun larmoj kaj preĝoj sufoki la amason da malbelegaj imagaĵoj kaj sonoj, kiuj ariĝis en mia memoro kontraŭ mi; kaj, ankoraŭ, inter miaj petegoj, la fivizaĝo de mia kanajleco rigardadis fikse en mian animon. Kiam la akreco de tiu ĉi memriproĉo komencis mortiĝi, ĝi estis sekvata de sento de ĝojo. ⌜La problemo de mia konduto estis solvita.⌝ De nun Hyde estos neebla; ĉu mi volos, aŭ ne volos, mi estas de nun enfermita en la plibona parto de mia ekzistado; kaj, ho, kiel mi ĝojis pensi pri tio! Kun kia volonta humileco mi akceptis denove la ĉirkaŭbarojn de l' vivado natura! Kun kia sincera spirito de forrifuzado mi ŝlosis la pordon, per kiu mi tiel ofte iris kaj revenis, kaj dispremegis la ŝlosilon sub mia piedo!

Kun la sekvinta tago, venis la sciigo, ke la mortigo estis observita, ke la kulpo de Hyde estas evidenta al la mondo, kaj ke la viktimo estas viro alta en la publika estimado. Tio ne nur estis krimo, sed tragedia malsaĝaĵo. Mi pensas, ke mi ĝojis scii tion; mi pensas, ke mi ĝojis pro tio, ke miajn pli bonajn impulsojn tiel ĉirkaŭremparis kaj gardis la teruroj de la eŝafodo. Jekyll estis nun mia rifuĝejo; Hyde elrigardetu eĉ nur dum momento, kaj la manoj de ĉiuj homoj tuj leviĝos por lin kapti kaj mortigi.

Mi decidis per mia estonta konduto kompensi la estintecon; kaj mi povas honeste diri, ke mia decido donis iom da bona

frukto. Vi scias mem, kiel fervore dum la lastaj monatoj de la pasinta jaro, mi laboradis por mildigi la suferojn de aliaj; vi scias, ke multo estis farita, kaj ke la tagoj pasis por mi trankvile kaj preskaŭ feliĉe. Kaj mi ja ne povas vere diri, ke min enuigis ĉi tiu bonfara kaj senkulpa vivado; mi kontraŭe kredas, ke mi ĉiutage ĝuis ĝin pli plene; sed mi estis ankoraŭ malbenita per mia dueco de intenco; kaj, kiam fine iom post iom eluziĝis la unua akreco de mia pento, mia pli malnobla parto, tiel longe dorlotita, tiel mallonge enĉenigita, komencis muĝi por liberiĝo. Mi ja ne revis revivigi Hyde; tion eĉ ekpripensi tremigis min ĝis frenezeco; ne, estis en mia propra formo, ke mi refoje cedis al la tento petoli kun mia konscienco; kaj kiel ordinara sekreta pekanto mi fine submetiĝis al la atakoj de la tentado.

Al ĉio venas fino; la plej vasta mezurilo fine pleniĝas; kaj ĉi tiu mallonga cedo al mia malboneco fine detruis la ekvilibron de mia animo. ⌜Kaj tamen mi ne maltrankviliĝis; la falo ŝajnis natura, kiel reveno al la malnovaj tagoj antaŭ ol mi faris mian eltrovon.⌝ Estis bela, klara, januara tago, malseka subpiede, kie la frosto degelis, sed kun sennuba ĉielo, kaj la Parko de l' Regento[19] estis plena de vintraj pepadoj kaj dolĉa pro odoroj de printempo. Mi sidis en la sunlumo sur benko; la besto en mi lekadis la lipojn pro rememoro; la spirita parto estis iom dormema, promesante postan penton sed ankoraŭ ne incitita ĝis komenco. Nu, mi al mi diris, mi ja nur similas al miaj najbaroj; kaj poste mi ridetis, komparante min kun aliaj homoj, komparante mian ageman bonvolon kun la maldiligenta krueleco de ilia malzorgo. Kaj en la momento mem de tiu vanta fanfaronema penso, ekkaptis min spasmo, terura naŭzo kaj plej mortiga tremo. Tiuj forpasis kaj lasis min svenema, kaj poste, dum siavice la sveneco kvietiĝis, mi ekkonstatis ŝanĝon en la karaktero de miaj pensoj, pli grandan maltimecon, malestimon al la danĝero, solviĝon de la ligiloj de l' devo. Mi rigardis malsupren; miaj vestoj pendis senforme

sur miaj malŝvelintaj membroj; la mano kuŝanta sur mia genuo estis tendenoplena kaj vila. Mi estis denove Edward Hyde. Antaŭ unu momento, al mi estis ankoraŭ garantiita la estimo de ĉiuj homoj, mi estis riĉa, amata—kun manĝo pretigata por mi en mia propra hejmo; kaj nun mi estas jam la komuna persekutaĵo de l' homaro, ĉasata, sendoma, konata mortiginto, sklavo por la pendigilo.

Mia prudento ŝanceliĝis, sed ne tute min forlasis. ⌈Pli ol unu fojon mi observis, ke en mia dua karaktero miaj fakultoj ŝajnas akrigitaj ĝis pinto, kaj mia vervo kaj energio estas pli streĉite flekseblaj; tial okazis, ke en situacio kiam Jekyll eble rezignus, Hyde ektraktis la bezonojn de l' momento.⌉ Miaj drogoj estis en ŝranko en mia kabineto; kiel mi povos atingi ilin? Jen la problemo, kies solvon (premegante per la manoj miajn tempiojn) mi nun devas entrepreni. La laboratorian pordon mi mem jam fermis. Se mi provus eniri per la domo, miaj propraj servistoj min sendus al la eŝafodo. Mi komprenis, ke mi devos uzi alian manon, kaj pensis pri Lanyon. Kiel lin trafi? Kiel alkonsentigi lin? Supozu, ke mi evitos kaptiĝon sur la stratoj, kiel mi povos eniri en lian domon? Kaj kiel mi, nekonata kaj malplaĉa vizitanto, povos decidigi la faman kuraciston rabi la kabineton de sia kolego, Doktoro Jekyll? Tiam mi rememoris, ke restadas al mi unu parto de mia originala karaktero: mi povas skribi laŭ mia propra skribmaniero; tuj kiam ekbrilis en mi tiu ideo, klariĝis al mi la tuta vojo, kiun mi devos sekvi.

Mi do ordigis mian vestaron kiel eble plej bone, kaj, alvokante al pasanta fiakro, mi veturigis min al hotelo sur la strato Portland, kies nomon mi per ia hazardo memoris. Pro mia aspekto (kiu efektive estis sufiĉe komika, kiel ajn tragedia la sorto, kiun kovris ĉi tiuj vestoj) la veturigisto ne povis kaŝi sian ridemon. Mi grincigis la dentojn kontraŭ lin kun ekventego de diabla furiozo; kaj la rideto forvelkis sur lia vizaĝo—feliĉe por li—ankoraŭ pli feliĉe por mi, ĉar, nur

momenton plu, kaj mi lin jam certe deŝiregus de sur lia sidejo. Enirinte la hotelon, mi ĉirkaŭrigardis kun tia malluma mieno, ke la servistoj ektremis; neniun rigardon ili interŝanĝis dum mia ĉeesto; sed sklaveme ricevis miajn ordonojn, kondukis min al privata ĉambro kaj alportis al mi skribilaron. Hyde, en danĝero pri sia vivo, estis al mi estaĵo nova: skuita de supermezura kolero, streĉita ĝis mortigemo, avidega kaŭzi al iu doloron. Li tamen estis ruzulo; venkis sian koleregon per granda peno de l' volo; verkis siajn du gravajn leterojn, unu al Lanyon kaj unu al Poole; kaj por ke li ricevu certigon, ke ili efektive estis metitaj en la poŝton, li ordonis, ke oni ilin rekomendu.

De tiam, li sidadis la tutan tagon apud la fajro en la privata ĉambro, mordetadante al si la ungojn; tie li tagmanĝis, sidante sola kun siaj timoj, kun la kelnero videble tremanta antaŭ lia okulo; kaj el tie, post plena noktiĝo, li ekveturadis en angulo de fermita veturilo kaj kondukigis sin ⸢tien kaj reen⸣ tra la stratoj de la urbo. Li, mi diras—mi ne povas diri, mi. En tiu infano de l' Infero estis nenio homa; loĝis en li nenio krom la timo kaj la malamo. Kaj kiam fine, pensante, ke la veturigisto komencas ion suspekti, li forsendis la veturilon kaj riskis piediri, en sia tro vasta vestaro, objekto nepre markita por la observado, inter la noktajn preterirantojn, tiuj du malnoblaj pasioj furiozis en li kvazaŭ uragano. Li marŝis rapide, persekutata de siaj timoj, babilante al si mem, ŝtelirante tra la malpli vizitataj stratoj, kalkulante la minutojn, kiuj kvazaŭ barilo ankoraŭ apartigis lin de la noktomezo. Fojon, virino alparolis al li, proponante, mi pensas, skatolon da alumetoj. Li pugnis ŝin en la vizaĝon, kaj ŝi forkuris.

Kiam mi rekonsciiĝis ĉe la domo de Lanyon, la teruro de mia malnova amiko eble iom kortuŝis min: mi ne scias; ĝi estis almenaŭ nur kvazaŭ guto en la maro, kompare al la abomenego, kun kiu mi rigardis reen al tiuj horoj. Estis okazinta en mi ia ŝanĝiĝo. Jam ne plu timo al la eŝafodo, sed

teruro fariĝi denove Hyde, turmentegis min. La kondamnon de Lanyon mi ricevis duone en sonĝo; duone en sonĝo revenis hejmen kaj kuŝiĝis. Post la ellaciĝoj de la tago, mi dormegis, en dormo tiel severa kaj profunda, ke ne sukcesis ĝin rompi eĉ la teruraj koŝmaroj min turmentantaj. En la mateno mi vekiĝis skuita, malfortigita, sed refreŝiĝinta. Mi ankoraŭ malamis kaj timis pensi pri la bruto, kiu en mi dormetis, kaj kompreneble mi ne forgesis la konsternantajn danĝerojn de l' antaŭa tago; sed mi estis denove hejme, en mia propra domo kaj apud miaj drogoj, kaj dankemeco pro mia savo briladis en mia animo tiel forte, ke ĝi preskaŭ konkuris la helecon de la espero mem.

Mi estis nerapide transpaŝanta la korton post matenmanĝo, entrinkante la malvarman aeron kun plezuro, kiam ree min kaptis tiuj nepriskribeblaj sentoj, kiuj heroldis la ŝanĝiĝon; kaj apenaŭ mi havis la tempon atingi la ŝirmon de mia kabineto, antaŭ ol tra mi denove furiozas kaj glacias la pasioj de Hyde. Ĉi tiun fojon, duobla dozo estis necesa por revoki min al mi mem; kaj jen ho ve! post ses horoj, dum mi sidis malgaje rigardante la fajron, jam revenas la doloroj kaj la drogo denove devas esti trinkata. Mallonge, de tiu tago ŝajnis, ke nur per granda, kvazaŭ gimnastika penado, kaj nur sub la rekta stimulo de la drogo, mi povas porti la vizaĝon de Jekyll. Je ĉiuj horoj de la tago kaj nokto min kaptis la avertanta ektremo; precipe se mi dormis, aŭ eĉ dum momento dormetis sur mia seĝo, ĉiam mi vekiĝis kiel Hyde. Sub la streĉado de ĉi tiu senĉese minacanta fatalo, kaj pro la maldormado, al kiu mi nun min kondamnis ja eĉ super ĉia grado, kiun mi kredis ebla al la homo, mi fariĝis en mia propra persono estaĵo konsumita kaj elĉerpita de la febro, malforta kaj korpe kaj mense, ĉiam okupata de unu sola penso: abomeno al mia alia memo. Sed dum mi dormadis aŭ kiam la efiko de la drogo elĉerpiĝis, mi saltis preskaŭ sen transiro (ĉar la doloroj de la aliformiĝo fariĝis ĉiutage malpli severaj) en la posedon de imago plenega

de teruraj fantazioj, de animo bolanta per senkaŭzaj malamoj, kaj en la posedon de korpo, kiu ŝajnis ne sufiĉe forta por enteni la furiozantajn energiojn de la vivo. La povoj de Hyde ŝajnis des pli kreski, ju pli kadukiĝis Jekyll. Kaj certe la malamo, kiu apartigis ilin, estis nun ambaŭflanke egala. Ĉe Jekyll, ĝi estis afero de esenca instinkto. Li nun konsciis plene la malbelegecon de tiu estaĵo, kiu partoprenis kun li kelkajn el la fenomenoj de l' konscieco, kaj kiu estis kunheredonto kun li de la morto: kaj krom tiuj ligiloj de komuna posedo, kiuj en si faris la plej doloregan parton de lia turmento, li pensis pri Hyde⌈, malgraŭ ties viva energio,[1] kvazaŭ pri io ne nur infera sed neorganika. Jen la terura afero; ke la ŝlimo de l' abismo ŝajnas aŭdigi kriojn kaj voĉojn; ke la amorfa polvo gestaĉas kaj pekas; ke tio, kio estas senviva, kaj ne havas formon, povas uzurpi la funkciojn de la vivo. Kaj jen ankoraŭ: ke tiu ribelanta abomenaĵo estas ligita al li pli intime ol edzino, pli proksime ol okulo; kuŝas enkaĝigita en lia karno, kie li aŭdas ĝin murmuri, sentas ĝin barakti al naskiĝo; kaj en ĉiu horo de malforteco, kaj dum la konfido de la dormo, lin venkas kaj uzurpas lian vivon. La malamo de Hyde kontraŭ Jekyll estis de malsama speco. Lia teruro pri la eŝafodo devigis lin senĉese fari provizoran memmortigon, kaj reveni al sia stato de subulo, fariĝi parto anstataŭ persono; sed li abomenis la necesecon, li abomenis la malĝojegon en kiun Jekyll jam enfalis, kaj lin akre indignigis la malplaĉo, kiun li mem inspiris. Pro tio la simio-similaj fipetolaĵoj, kiujn li faris al mi, skribaĉante laŭ mia propra skribstilo blasfemaĵojn sur la paĝoj de miaj libroj, bruligante la leterojn kaj portreton de mia patro; kaj vere, se lin ne detenus timo pri propra morto, jam antaŭlonge li estus ruiniginta sin por impliki min en la ruino. Sed lia amo por la vivo estas miriga; mi diros plu: mi, kiu malsanas kaj glaciiĝas pro simpla pensado pri li, mi, kiam mi memoras la mizeraĉon kaj pasion de lia sinalkroĉemo al la

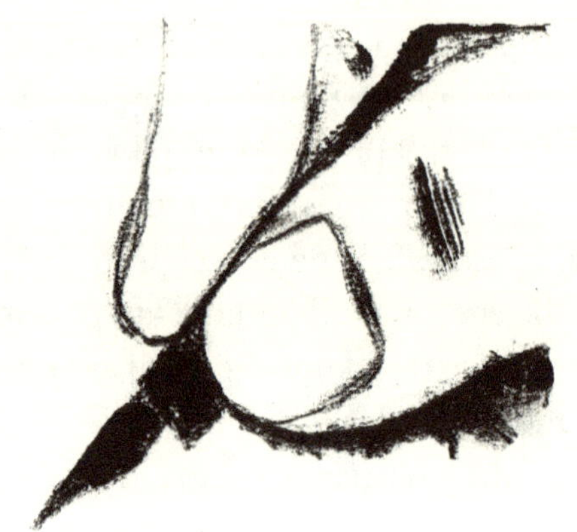

vivo, kaj kiam mi scias, kiom li timas mian kapablon detranĉi lin per la memmortigo, mi povas en mia koro lin kompati.

Neutilas, kaj la tempo dolore mankas al mi, plilongigi ĉi tiun priskribon; neniam iu suferis tiajn turmentegojn, tio sufiĉu; kaj tamen eĉ al tiaj turmentoj la kutimado alportis—ne, ne malpeziĝon—sed, ian nesentemon de la animo, ian submetiĝemon al la malespero; kaj mia puno povus ja daŭri dum jaroj, se ne estus okazinta tiu lasta malfeliĉego, kiu nun fine min trafis kaj disigis min de mia propra vizaĝo kaj naturo. Mia provizo de la salo, kiun mi neniam renovigis de post la dato de mia unua eksperimento, komencis elĉerpiĝi. Mi venigis novan provizon kaj kunmiksis la trinkaĵon; la kvazaŭbolado sekvis, ankaŭ la unua kolorŝanĝiĝo, sed ne la dua; mi trinkis la miksturon, kaj ĝi ne efikis. Vi sciiĝos de Poole, kiel mi traserĉigis la tutan Londonon; vane estis; kaj mi estas nun konvinkita, ke mia unua provizo estis nepura, kaj ke estis tiu nekonata nepuraĵo, kiu donis al la miksaĵo efikecon.

Proksimume unu semajno nun pasis, kaj mi finas ĉi tiun rakonton sub la influo de la lasta el miaj malnovaj pulvoroj. Ĉi tiu, do, estas la lasta fojo, se ne okazos miraklo, kiam Henry Jekyll povas pensi siajn proprajn pensojn aŭ vidi sian propran vizaĝon (nun, ho ve! kiel malgaje aliigitan!) en la spegulo. Nek devos mi prokrasti tro longe la finon de ĉi tiu skribado; ĉar se mia rakonto ĝis nun evitis detruiĝon, tio estis pro kombino de granda antaŭzorgo kaj granda bonŝanco. Se la agonioj de la ŝanĝo ekkaptos min dum mi ĝin skribas, Hyde ĝin disŝiros; sed se iom da tempo pasos de kiam mi estos ĝin flankenmetinta, lia mirinda egoismo kaj absorbiteco en la pasanta momento, eble savos ĝin denove kontraŭ la ago de lia simiosimila malico. Kaj efektive, la fatalo, kiu proksimiĝas al ni ambaŭ, jam ŝanĝis kaj premegis lin. Pasos nur duonhoro, kaj mi denove kaj por ĉiam eniros tiun malamitan personecon, mi scias, kiel mi sidos ektremegante kaj plorante sur mia seĝo, aŭ daŭros, en plej streĉita kaj timopenetrita

ekstazo de aŭskultado, paŝadi tien kaj reen tra ĉi tiu ĉambreto (mia lasta surtera rifuĝejo) kaj subaŭskulti ĉian sonon de minaco. Ĉu Hyde mortos sur la eŝafodo? Aŭ ĉu li en la lasta momento trovos la kuraĝon sin liberigi? Dio scias; al mi indiferente estas; ĉi tiu estas la vera horo de mia morto, kaj tio, kio nepre sekvos, koncernos alian ol min mem. Ĉi tie, do, demetante mian plumon kaj sigelante mian konfeson, mi metas finon al la vivhistorio de tiu malfeliĉa Henry Jekyll.

Notoj

Notoj ene de kvadrataj krampoj estas nove aldonitaj de la redaktoro.

1 Elp. Riĉard Enfijld.
2 T.e. ĉiutage krom dimanĉo, kiam en Anglujo la butikoj restas fermitaj.
3 [*ĝaganato*, t.e. potenca, nehaltigebla forto; metafora aludo al la hinda dio Ĝaganato, kies adorantoj supozeble sin ĵetis sub la radojn de lia ĉarego por premiĝi ĝismorte.]
4 Elp. Kuts: fama Londona banko.
5 Elp. Hajd.
6 Elp. Ĝekil.
7 Elp. Kávendiŝ Skŭer: fama Londona placo.
8 Elp. Lanjon.
9 Tio ĉi estas vortŝerco. *Hide and Seek* (Hajd kaj Sik) estas infana ludo, laŭ kiu unuj devas sin kaŝi (Hide) kaj la aliaj ilin serĉi (Seek).
10 Malriĉa kvartalo de Londono.
11 [Aludo al fama angla infana rimo, kiu komencas jene: "Doktoron Fell mi abomenas; | Pro kio, eĉ mi ne komprenas."]
12 Harry, intima formo de l' nomo Henry (kvazaŭ Henĉjo).
13 Elp. Pul.
14 Elp. Karu.
15 Elp. Njukomen el Skotland Jard (la ĉefoficejo de la londona detektiva polico).
16 Elp. Gest.
17 Elp. Bradŝa.
18 Elp. Hesti.
19 Fama kaj bela Londona parko (angle, "Regent's Park").

www.ingramcontent.com/pod-product-compliance
Lightning Source LLC
LaVergne TN
LVHW101942220826
846093LV00006B/89

* 9 7 8 1 7 8 2 0 1 0 7 7 7 *